〔日〕川端康成 · 著

高慧勤 · 译

鶴

川端

かわばた
やすなり

康成

古吴轩出版社

图书在版编目（CIP）数据

千只鹤 / （日）川端康成著；高慧勤译. -- 苏州 ：古吴轩出版社，2023.5
ISBN 978-7-5546-2119-6

Ⅰ. ①千⋯ Ⅱ. ①川⋯ ②高⋯ Ⅲ. ①中篇小说－小说集－日本－现代 Ⅳ. ①I313.45

中国国家版本馆CIP数据核字(2023)第050152号

责任编辑：顾　熙
见习编辑：张　君
策　　划：苟　敏
装帧设计：言　成
封面插图：白中南

书　　名：千只鹤
著　　者：［日］川端康成
译　　者：高慧勤
出版发行：古吴轩出版社
　　　　　地址：苏州市八达街118号苏州新闻大厦30F
　　　　　电话：0512-65233679　　邮编：215123
印　　刷：天宇万达印刷有限公司
开　　本：787×1092　　1/32
印　　张：7
字　　数：96千字
版　　次：2023年5月第1版
印　　次：2023年5月第1次印刷
书　　号：ISBN 978-7-5546-2119-6
定　　价：49.00元

如有印装质量问题，请与印刷厂联系。0318-5302229

目 录
CONTENTS

千只鹤

千只鹤　　　　　　　　　　　　　　002

林中落日　　　　　　　　　　　　　048

志野陶　　　　　　　　　　　　　　083

母亲的口红　　　　　　　　　　　　110

双重星　　　　　　　　　　　　　　148

日本的美与我
　　　——在诺贝尔文学奖授奖仪式上的演说词

千只鹤

千只鹤

一

走进镰仓圆觉寺，甚至到了院内，菊治还在游移，究竟要不要进去参加茶会。时间倒是不早了。

每逢栗本千花子在圆觉寺后院茶室举办茶会，菊治照例总在邀请之列。可是，自从慈父见背，就一次也没来过。他觉得那不过是看着先父的情面罢了，所以，一直未加理会。

然而，这次请柬上却多一附笔，要他来会见一位小姐，是师从千花子学茶道的女弟子。

看着请柬，菊治忽然想起千花子身上那块

痣来。

是菊治八九岁时的光景。父亲带他去千花子家，看到千花子坐在起坐间，正敞着胸脯，用小剪刀剪痣上的毛。那块痣长在左半个乳房上，直到心口窝那里，差不多有巴掌那么大小。紫黑色的痣上大概长着毛，千花子拿剪刀正在剪。

"呦！少爷也一起来了？"

千花子仿佛吃了一惊，一把掖上衣襟，也许转念一想，觉得慌里慌张地遮掩，更透着尴尬，便将两腿稍稍挪了过去，慢条斯理地把衣襟掖进腰带里。

看来不是看到父亲，恐怕是见了菊治才惊慌的。因为是女仆开的门，已经通报过了，她应该知道来的是菊治的父亲。

父亲没有进起坐间，径自到隔壁屋里坐下。那儿是客厅，兼作教授茶道的场所。

父亲打量着挂在壁龛里的字画，漫不经心地说：

"来盏茶吧。"

"嗳。"

嘴上答应着，千花子却没有马上站起身来。

菊治还看见她腿上铺着一张报纸，掉了一些毛，就像男人的胡须似的。

光天白日的，老鼠照旧在天花板上闹腾。靠近廊檐的地方，桃花已经绽开了。

千花子坐在炉边点茶时，依然有些神不守舍的样子。

过了十多天，菊治听见母亲仿佛揭穿什么惊人的秘密事儿，告诉父亲说，千花子因为胸口有块痣，才没嫁人。母亲以为父亲还不知情，似乎挺同情千花子，脸上显出怜惜的样子。

"哦，哦。"

父亲故作惊讶地随声附和：

"不过，叫丈夫看见了又怕什么？只要事先说明，肯娶她就行了。"

"我也是这么说。可是，'我心口上有一大块痣’，这话叫一个女人家哪儿说得出口呀！”

“她又不是什么小姑娘！”

“毕竟难开这个口呀。倒是你们男人家，结婚后给发现了，也许一笑了之。”

“这么说来，她让你看那块痣了？”

“哪儿的话。瞧你说的。”

“那她只是嘴上这么说说？”

“今儿来学点茶，随便闲聊……结果忍不住说了出来。”

父亲默不作声。

“结了婚，还不知男人要怎么想呢。”

“恐怕会嫌恶，觉得别扭吧。但也没准，把这隐私当成乐趣，感到好玩也难说。有这个短处，焉知没有别的长处？再说，这也不是什么大不了的毛病。”

“我也这么安慰她，说这算不得什么毛病。可她说，要命的是长在乳房上。”

“唔。”

"她说，一想到生孩子要喂奶，心里就顶不自在。即使做丈夫的无所谓，可是为了孩子……"

"难道乳房上长痣就没有奶水吗？"

"倒也不是……她是说，喂奶时叫孩子看了，心里会不好过。我倒没想到那儿。可是一旦设身处地去想想，有这种顾虑也难免。孩子一生下来就要吃奶，等睁开眼睛能看东西，不就看到母亲乳房上那块痣吗？孩子对世界的最初印象，不就是对母亲的最初印象，不就是乳房上那块难看的痣吗？——那印象之深，会缠着孩子一生的呀！"

"唔。其实，她何苦担这个心？"

"可不，要说喂牛奶，请奶妈，都行。"

"即使长痣，只要有奶，又有什么不可以的。"

"那可不行。当时听她这么说，我连眼泪都淌出来了。心里想，可不是！就说咱们菊治吧，我可不愿叫他吃那种长了痣的乳房分泌的奶。"

"这倒是。"

见爸爸这样装聋作哑，菊治心里就有气。连我都看见千花子那块痣，他竟不把我放在眼里，所以不由得要恼恨爸爸了。

然而，事隔快二十年了，今天，回顾之下，想必父亲当时也窘得可以，菊治未尝不感到好笑。

再有，菊治长到十来岁，还常常想起母亲当时那番话，生怕有个异母弟妹会吃到那种长了痣的乳房分泌的奶。

他不仅怕异母弟妹出世，而且还怕吃了那种奶的孩子。菊治总觉得，长了痣的乳房分泌的奶，孩子吃了就会像恶煞一样可怕。

幸而千花子没有生孩子。往坏里想，或许是父亲不让她生，因为不愿意她生，大概拿母亲流泪，以及关于痣和孩子那番话做借口，劝阻了千花子的缘故？总之，父亲生前死后，千花子的确没生过孩子。

菊治同父亲一起看见那块痣后不久，千花子

便上门向菊治的母亲吐露这桩隐私。她大概是想先发制人，赶在菊治告诉他娘之前，自己先说出来。

千花子也一直没结婚，难道真是那块痣决定了她的一生吗？

话得说回来，在菊治心里，那块痣的印象也始终未能抹去，又很难说同他的命运没有瓜葛。

当千花子借茶会名义，请他去相亲时，菊治的眼前先自浮起那块痣。蓦地想到，千花子做的媒，难道会是个毫无瑕疵、玉肌冰肤的小姐吗？

千花子胸脯上的那块痣，先父的手指难道就没有捏弄过吗？谁能担保他没有咬过那块痣呢？菊治甚至这样胡思乱想过。

此刻，寺院的小山上，鸟声婉转，菊治一面走，脑际不禁掠过这些邪念。

菊治看见那块痣后的两三年，千花子似乎开始有些男性化，现在则完全变得不男不女了。

千花子此刻大概正在茶会上以爽快麻利的作

风招待来客吧。她那长痣的乳房恐怕也已干瘪了。菊治想想刚要笑，这时有两位小姐从他身后匆匆赶上来。

菊治闪在一旁让路，并问道：

"栗本女士的茶会，是顺这条路走到底吗？"

"是的。"

两位小姐同时答道。

不问自明，从她们的衣着打扮便可推定，是上茶会去的。菊治是为叫自己决心去茶会，才这么问的。

真是美极了，那位拿绉绸包袱的小姐。桃红的绉绸上，绘着白鹤千只。

二

两位小姐进茶室之前，正在换布袜，这当口，菊治也到了。

从她们身后望去，房间似有八张席子大小，几乎挤得腿挨着腿。好像尽是些穿红着绿的人。

千花子眼尖，一眼就看见菊治，惊喜地起身过来说：

"哟，请进，稀客。承蒙光临。就从那儿上来吧，不要紧的。"说着，一面指着靠近壁龛的纸拉门。

屋里的女客，好像一齐转过头来。菊治脸红起来，说：

"全是女客吗？"

"是的。也有男宾来，不过都回去了。你现在是万绿丛中一点红哩。"

"'红'我可不敢当。"

"菊治少爷有资格当'红'，没错儿。"

菊治摆了摆手，表示拟从另一扇门绕进来。

那位小姐正把穿了一路的布袜塞进千鹤包袱里，这时便彬彬有礼地直起身子，给菊治让路。

菊治走进隔壁房间。点心盒子、茶具箱子，以及客人的物品，放得到处都是。后面水房里，女佣正在洗刷。

千花子走了进来，在菊治面前屈膝坐下。

"怎么样？那位小姐不错吧？"

"是拿千鹤包袱的那位吗？"

"包袱？我倒不知道。就是现在站在那边最漂亮的一位。是稻村先生的千金。"

菊治不置可否地点了点头。

"什么包袱的，真怪，你竟注意到这上头去，我可大意不得了。以为你们一道来的呐，我正纳闷，你竟能这么殷勤周到。"

"别胡说。"

"路上相遇，也是缘分。再说稻村先生也认识令尊。"

"是吗？"

"她家原先在横滨开生丝行。今儿个的事，我没告诉她本人，你尽管放心，好生瞧瞧。"

千花子的声音不低，只隔一道纸门，菊治担心茶室里也听得见。正在为难之际，千花子忽然把脸凑了过来：

"不过，有件事倒叫人挺难办的。"

说着，放低了声音：

"太田夫人来了。她女儿也跟她一起来了。"

她觑着菊治的脸色，接着说：

"我今儿个并没请她……可是，像这种茶会，随便什么过路人都能进来，方才就有两伙美国人顺便进来坐了坐。你别介意。她们听说这儿有茶会，来了也没法子。不过，你的事，她们当然不会知道。"

"今儿个我本来也……"

菊治原想说自己并没打算来相亲，可是喉咙里似乎发哽，没有说出口。

"该难为情的，是太田太太，你只要装作若无其事就行了。"

听千花子这么说，菊治不禁有些恼火。

栗本千花子跟父亲的关系，好像不太深，也不很久。直到父亲死前，千花子常到家里来走动，是个很得力的女人。不仅在有茶会的日子，即使平时来做客，也总下厨帮忙。

自从她有些男性化之后，母亲再要嫉妒她，只能令人苦笑，感到滑稽。后来，母亲准猜到父亲看到过千花子那块痣。可是那时，事情早已风流云散，千花子像没事人似的，轻松自若地不离母亲的左右。

菊治也不知从什么时候起，对千花子态度很轻慢，仿佛只有任着性儿顶撞她，才能冲淡令他幼时苦闷不已的嫌恶感。

千花子之变得男性化，以及成了菊治家的得力帮手，或许都出于她的处世之道。

靠着菊治家，千花子作为茶道师傅，已经小有名气。

父亲去世后，菊治每当想起千花子平生只跟父亲白白相好过一阵，而后便把自己的女性本能扼杀殆尽，对她便不由得生起一缕淡淡的同情。

母亲之所以不怎么怨恨千花子，一方面也是因为隔着太田夫人，给牵扯住了。

菊治的父亲跟太田是茶友。太田死后，菊治的父亲因负责处理太田那些茶道用具，一来二去，便同他的未亡人亲近起来。

最先给母亲通风报信的，正是千花子。

不用说，千花子是帮母亲的。简直有些过分。父亲到哪里，她跟到哪里，而且时时去未亡人家里数落一通，仿佛是她自己妒火中烧似的。

母亲生性腼腆，见千花子多管闲事，几乎要闹得满城风雨，怕面子上不好看，简直给吓坏了。

即使当着菊治的面，她也向母亲破口大骂太田夫人。母亲不以为然，她却说，也该让菊治听听。

"上次我去她家，狠狠训了她一通。大概叫她孩子偷听了去。忽然听见隔壁房里有人抽抽搭搭哭起来。"

"是女孩儿吗？"

母亲问道，皱起了眉头。

"嗯。听说有十二岁了。太田太太这人，大概有点缺心眼。我还以为她会把孩子骂一顿呢，谁知竟特意去把孩子抱过来，搂在怀里，坐在我面前，娘儿俩哭给我瞧呢。"

"那孩子也怪可怜的。"

"所以呀，不妨把气出在她孩子身上。因为孩子对她妈的所作所为是一清二楚的。不过，那孩子倒长个圆脸，蛮讨人喜欢的。"

说着，千花子看了看菊治说：

"其实，菊治少爷也可以劝劝老爷嘛。"

"请你别这么搬弄是非。"终于连母亲也忍不住要责备她。

"太太，您把这些事都窝在心里可不成。狠狠心把它全抖搂出来才好呢。太太您这么瘦，可人家却白白胖胖。尽管缺个心眼，她倒以为，装个老实巴交的样，哭上一通，就没事儿了似的……再说，就在她接待老爷的那间客厅里，正经八百地挂上她那死鬼丈夫的照片。哪想到，老爷竟能一声不吭。"

太田夫人先前给千花子说得如此不堪，在菊治父亲死后，居然还带着女儿来参加千花子主持的茶会。

菊治不觉打了个寒噤。

即便如千花子所说，今天没请太田夫人，看样子，父亲死后，千花子和太田夫人之间，一直是有来往的，菊治不免感到意外。或许她让女儿也一起来学茶道。

"要是你不乐意，我就请太田夫人先回去，好不好？"

说着，千花子看了一下菊治的眼色。

"我倒不在乎。要是她自己想回去，那就请便。"

"她要是有这点机灵劲儿，你爸你妈就不至于那么伤脑筋了。"

"她那位千金也一起来了吗？"

菊治没见过太田寡妇的女儿。

他觉得有太田夫人在场，跟那位拿千鹤包袱的小姐相见不大相宜。而且，更其不愿意在这个场合初次见太田小姐。

但是，千花子的声音在耳边絮絮不休，弄得菊治心烦意乱。

"总之，我来她们都知道了，要躲也躲不掉了。"说着便站了起来。

他从靠近壁龛的那边走进茶室，在门首的上座那里坐下。

千花子随后跟了过来，郑重其事地把菊治介绍给大家："这位是三谷少爷。三谷先生的爱子。"

菊治跟着又施了一礼，一抬头清清楚楚看见了各位小姐。

菊治似乎有点局促。眼前是一片艳妆丽服，起初连一张面孔都没看清。

等定下神来，菊治才发现，自己正坐在太田夫人的对面。

"啊！"

夫人不觉叫了一声。在座的全听见了，那声音十分真率、十分含情。接着她说：

"好久不见，真是久违啦！"

随后轻轻拉了拉身旁女儿的袖子，示意她赶紧打个招呼。小姐似乎有些窘，涨红了脸，低下头去。

菊治颇感意外。夫人的态度里，看不出有丝毫的敌意恶感，倒反显得情亲意蜜。同菊治不期而遇，她仿佛异常兴奋，甚至当着众人的面，都有点忘乎所以。

女儿始终低垂着头。

及至夫人意识到这情形，两颊也不由得飞红起来。她像要挨近菊治，看他的眼神里，似有千言万语。她说：

"您还在学茶道吗？"

"不，一直没学。"

"是吗？府上可是茶道世家呀。"

夫人似乎有些感伤，眼睛竟湿润起来。

自从父亲的丧礼以后，菊治就没见过太田夫人。

跟四年前相比，她几乎没怎么变样。

依旧是白皙修长的颈项，不大相称的圆肩膀，身腰显得比年纪轻。同眼睛相比，鼻子和嘴巴十分小巧。小小的鼻子，细看之下，模样周正，娇媚可爱。说起话来，下唇常常上翘。

女儿秉承乃母的血统，也是修颈圆肩。嘴比母亲的大，抿得紧紧的。跟女儿一比，母亲的嘴巴简直小得有些可笑了。

小姐的一双眸子，比母亲的还要黑亮，带着几分悲哀。

千花子看了看炉里的炭火说：

"稻村小姐，敬三谷少爷一杯好不好？你还没点过茶吧？"

"好的。"

说罢，拿千鹤包袱的小姐便起身走了过去。

菊治知道，稻村小姐就坐在太田夫人的侧手。

但是，既然太田母女在面前，他便尽量不去看稻村小姐。

千花子请稻村小姐点茶，大概是有意让菊治看个仔细。

小姐在茶釜跟前，回头问千花子：

"用哪只茶碗呢？"

"哦，对了，就用那只织部陶①的吧。"千花子说，"三谷少爷的父亲就喜欢用这只茶碗，这还是他送我做纪念的。"

现在放在小姐面前的那只茶碗，菊治依稀还认得。父亲倒确实用过，可那是从太田的遗孀手里转承来的。

亡夫珍爱的遗物，由菊治的父亲转到千花子

---

① 由千利休弟子、大名茶人古田重然（通称古田织部）指导烧制的茶陶，表面多绘以百草，釉药以黑褐色或绿色最为常见，兼有青织部、红织部、志野织部等茶陶。

手里，今天又出现在这个茶会上，太田夫人看了，会作何感想呢？

菊治很惊讶，千花子竟如此迟钝。

要说迟钝，太田夫人又何尝不迟钝呢？

正在点茶的小姐，跟在情天欲海中颠簸过来的中年女子一比，其清秀娟媚的丰神，真使菊治感到美不可言。

三

千花子想让菊治好好端详拿千鹤包袱的小姐，她这份心思，恐怕小姐本人还不知道。

她落落大方地点茶，亲自端到菊治面前。

菊治饮毕，看了看茶碗。这是只黑色织部陶碗，在正面的白釉上，绘有黑色嫩蕨菜花样。

"还认得吧？"千花子劈面问道。

"唔。"

菊治含糊其词地应了一声，放下茶碗。

"那蕨菜的嫩芽，最有山村野趣。早春时

节，使这碗顶合适，令尊当年就用过。这个时节拿出来用，虽然有点过时，可是给菊治少爷用倒正合其人。"

"哪里，在家父手上也只留了很短一段时间。就茶碗本身的历史来说，根本算不上一回事。这只茶碗，是桃山时代由利休①传下来的吧？几百年间，有许多茶道家珍重相传，家父又算得了什么！"

菊治这么说，是想忘怀这只茶碗的种种因缘。

这茶碗由太田传给他夫人，又由他夫人转给菊治的父亲，再从菊治父亲那里转到千花子手中。而今，太田和菊治的父亲这两个男人都已经作古，太田夫人和千花子这两个女人却凑到了一起。因缘际会，这只茶碗的命运也是够稀罕的了。

现在，这只古色古香的茶碗，依然给太田夫人、太田小姐、千花子、稻村小姐，以及其他闺

---

① 千利休（1522—1591），即千宗易，利休是其号。日本茶道家，千家派茶道之始祖。

秀，用唇去碰，拿手去摸。

"让我也用这只碗喝一杯吧。方才用的是另一只碗。"太田夫人不无突兀地说。

菊治不由得感到惊讶。是她过于迟钝呢，抑或是不知羞耻？

太田小姐低着头，目不斜视，菊治觉得她楚楚可怜，简直不忍心看她一眼。

稻村小姐遵嘱又给太田夫人点了次茶。在座的人都注视着她。想必小姐还不知道这只织部陶碗的来历，只是照学来的规矩点去。

她的点茶手法朴素，没有瑕疵。从上身到膝盖，姿势正确，气度高雅。

新叶的影子，摇曳在她身后的纸格子门上，辉映在华丽的和服上，仿佛肩背和衣袖都反射出柔和的光彩，连一头秀发也乌黑发亮。

以茶室而论，这间屋似嫌明亮一点，但小姐经这样一烘托，更加青春焕发。适合少女用的小红茶巾，非但不俗气，反而给人以娇艳明丽之感。小姐的纤纤素手，恰如一朵盛开的红花。

在她周围，仿佛有千百只白色的小鹤在不停飞舞。

太田夫人把织部茶碗托在手心上说：

"黑碗绿茶，就像春发绿意似的。"只差没说出，这碗曾是她亡夫之物。

接着，照例是参观茶具。那些年轻小姐不大清楚这些器具的用途，大抵是听千花子的讲解。

水罐和茶勺原先都是菊治父亲的东西，但千花子和菊治谁都没提。

菊治望着小姐们起身回去，一面坐了下来。这时太田夫人凑近身旁。

"方才真对不起。我想，你大概生气了。可是，我一见到你，就觉得分外亲切……"

"唔。"

"你都长得一表人才了。"

夫人的眼里险些涌出泪水。

"对了，令堂也……本想去吊丧，结果没

敢去。"

菊治露出不悦的神情。

"令尊、令堂相继过世……想必挺孤单的吧？"

"唔。"

"还不走吗？"

"嗯，再等会儿。"

"等几时有空，有些事想告诉你。"

千花子在隔壁喊道：

"菊治少爷！"

太田夫人不胜依恋地站了起来。小姐早已等在院子里。

小姐随着母亲一起向菊治鞠了一躬，走了。那眼神似乎有所倾诉。

隔壁房里，千花子正同两三个亲近的弟子和女仆在收拾东西。

"太田太太跟你说了什么？"

"没说什么……没什么。"

"对她可得留三分心。表面上装得挺老实，摆出一副无辜的样子，她心里想什么，你可猜不着。"

"不过，她不是常来参加你的茶会吗？从什么时候开始的？"菊治含讥带讽地说了一句。

宛如要逃出这毒氛妖雾似的，他朝门口走去。

千花子跟在身后说：

"怎么样？那位小姐还不错吧？"

"嗯，挺好。要是在没有你、没有太田夫人，没有父亲阴魂纠缠的地方见到她，我想会更好。"

"何苦那么多心！太田太太跟稻村小姐根本没什么瓜葛。"

"我只觉得对不起那位小姐。"

"有什么对不起的。假使太田太太来了，你觉得不高兴，我就给你赔个不是。其实今儿个并没请她。稻村小姐的事，你就再考虑考虑吧。"

"好吧，今天就此告辞了。"菊治停下脚步说。因为边走边说，千花子总是跟随不舍。

只剩菊治一人时，看见前面山脚下含苞待放的杜鹃花，便深深吸了一口气。

就凭千花子一封信，便给引来了，他对自己感到嫌恶。但是，拿千鹤包袱的小姐，给他留下了鲜明清丽的印象。

茶会上看到父亲的两个相好，而不觉得怎么郁抑，或许是叨了那小姐的光。

然而，一想到那两个女人倒活着，还能议论父亲，而母亲却已故世，菊治心里不禁愤愤然，眼前同时浮现出千花子胸脯上那块丑痣。晚风从新绿的树叶间吹来，菊治反摘下帽子，慢慢走去。

他远远看见太田夫人站在山门背后。

菊治突然想绕道躲开，便朝四周看了一下。左右两边各有小山，只要登山而行，就可以不经过山门。

可是，菊治仍朝山门走去，似乎板着一副

面孔。

太田夫人一见菊治，反而迎了上来，脸上飞红。

"想再见你一面，所以才在这儿等来着。兴许你会觉得我不顾脸面，可是，要是就那么分手，我有点不甘心……再说，这一分手，又不知几时才能见面。"

"令爱呢？"

"文子已经先回去了，跟她朋友一起。"

"那么，令爱知道你在等我啰？"菊治问。

"是的。"

夫人看着菊治的脸，答道。

"这么说来，她没有不高兴？方才茶会上，她好像不大乐意见到我，真是抱歉。"

菊治这番话，听来很委婉，其实有些露骨，但夫人却坦然说：

"那孩子见到你，心里准会不好过的。"

"大概是家父使她难堪的缘故。"

菊治本想说，就像自己因为她太田夫人的事，而深感痛苦一样。

"其实并非如此。令尊倒一直挺疼文子的。这些事，等几时得便再慢慢告诉你。起初，就是令尊待她好，她也一点不跟令尊亲近。到战争快打完那阵子，空袭越来越厉害，也不知她怎么想的，完全变了个样儿。对令尊，她有一份心思，总想出点力尽点心。一个女孩儿家，要说尽点心意，无非是买个鸡啦，弄个小菜什么的。她不顾危险，想方设法去买了来。甚至在空袭的时候，到老远的地方去弄米……她这种突然转变，连令尊也觉得意外。看到女儿变了一个人似的，我又难过又心疼；而且觉得自己像受了埋怨，心酸得很。"

直到这时，菊治才恍然大悟，原来母亲和自己都受过小姐的恩惠。那时候，父亲偶尔会出人意料，带些礼物回家，照此说来，竟是太田小姐采购的。

"我女儿这种突如其来的变化，我也闹不明

白，敢情是她想，生死难测，觉得我可怜，才不顾性命，想法儿好好待我跟令尊。"

当时战事败局已定，文子眼见自己的母亲忘乎所以，一味沉溺于同菊治父亲的情爱之中。现实生活一天天严酷起来，于是她抛开有关亡父的种种过去，来照拂现实中的母亲。

"文子手上的戒指，方才你留意到了吗？"

"没有。"

"那是令尊送她的。有一天令尊来时，正好碰上拉警报，便赶着要回家去。文子硬要送他，怎么劝也不听。我怕她一个人回来路上有危险，就嘱咐令尊，送到家后，要是不便回来，就在府上住一宿也行。可我心里直惦记着，生怕两人都死在路上。文子第二天早晨才回来，一问才知道，她送到府上的大门口便折回来了，半路上在防空壕里待了个通宵。下一次令尊来，便送了那只戒指，说：'文子，上次多亏你了。'那孩子怕你看见那戒指，大概是害羞。"

菊治越听越嫌恶。但奇怪的是，心里又觉得她们是值得同情的。对这位夫人，菊治倒并不有意憎恨或加以提防，她自有本事使人硬不下心来。

文子之所以那么尽心服侍，也许是看母亲可怜，于心不忍的缘故？

菊治觉得，太田夫人尽管是讲女儿过去的事，其实在谈她自己的感情。

她大概想把心里话全倾诉出来，但对谈话的对方，说得过分些，她简直不辨究竟是菊治的父亲还是菊治了。跟菊治说话，那劲头就像跟菊治的父亲说话一样，十分亲昵。

先前，菊治跟母亲在一起时，对太田夫人所抱的敌意，虽然还没完全消解，却已大为减淡。一不留神，甚至觉得自己就是这女人所爱的父亲。不知不觉间，有种错觉，以为早就同这女人很亲密似的。

菊治知道，父亲很快就和千花子撂开了手，

可是同这个女人却情深意浓，至死不渝。他猜想，千花子少不了会欺侮她，于是心里也闪出一个多少带点残忍的念头，禁不住想随便捉弄她一下。

"你常去栗本的茶会？从前她不是老欺侮你吗？"菊治说。

"不错，不过令尊过世后，她来信说，挺想念令尊，觉得很寂寞，所以我才去的。"说完，便低下头去。

"令爱也一起去吗？"

"文子大概是勉强跟我去的。"

穿过铁轨，走过北镰仓车站，他们又朝与圆觉寺相反方向的山边走去。

四

太田的未亡人，少说也该有四十五六了，差不多比菊治大上二十来岁。可是，菊治浑然忘了她已上了年纪，仿佛拥抱一个比自己还年轻的女人。

夫人凭她的经验，让菊治也领略到了那份快乐。菊治丝毫不觉得自己是个初出茅庐的单身汉，有什么畏缩之感。

只觉得自己好像初次认识女人，也懂得了男人。他对自己觉醒而为男人，感到惊讶。菊治从来也不知道，女人处于被动，会有这般温柔妩媚、顺从迷人，简直温馨得令人陶醉。

菊治还是独身，在事情过后，常常有种厌恶的感觉，可是就在最该诅咒的此刻，他却觉得心酣意畅。

每逢这种时候，菊治总是冷冷地想一走了事，可这一次，竟然浑淘淘任其亲热，任其依偎，这好像还是破题儿第一遭。他不知道，女人的热潮会随之上来。在热潮的间歇中，菊治觉得自己俨然像个征服者，不胜慵懒，由着奴隶给洗脚似的那么惬意。

另外，还感受到一种母爱。菊治缩着脖子说：

"栗本这里有一大块痣，你知道吗？"

他忽然觉得说了句不该说的话，也许是头脑一松，没有管住自己的缘故。但他不认为这话对千花子有什么不好。

"长在乳房上，就在这里，像这样……"说着，菊治伸出手去。

菊治心里想到这个念头，便说了出来。像在跟自己作对，又像要伤害对方，也不免有些难为情。他之所以想看看那块地方，或许正是想借以掩饰那种美滋滋的羞涩之情也难说。

"讨厌，怪恶心的。"

夫人说着轻轻合上衣领。陡然之间大概还没回过味来，慢条斯理地说：

"这我倒是头一次听说，穿着衣服，里边哪看得见？"

"不会看不见的。"

"哟，那是怎么回事？"

"你瞧，在这儿不就看见了吗？"

"你这人，多讨厌呐。以为我也有痣，才要看，是吗？"

"那倒不是。不过，要有的话，在这种时候，你心里怎么想？"

"在这儿吗？"

说着，夫人看了看自己的胸脯，又说：

"你干吗提这个呢？管它！"

夫人无动于衷地说。菊治使坏，看来对夫人没有生效，可他却更起劲了。

"不管可不行。那块痣，我八九岁时，虽然只见过一次，可是至今脑子里还有印象。"

"那为什么？"

"因为那块痣也连累到你呀。栗本不是佯装替母亲和我打抱不平，到府上狠狠数落过你吗？"

夫人点了点头，便轻轻抽开身子。菊治却用力又把她拉过来，接着说道：

"我想，她那时准是老惦着自己胸脯上那块

痣，心眼才越变越坏。"

"嗳呀，你说得多可怕。"

"也许她存下心，在我父亲身上多少报复了
一下。"

"报复什么？"

"为了那块痣，她总觉得低人三分，见弃于
我父亲。"

"别再说痣的事了，听了叫人恶心。"

看来太田夫人压根儿不愿去想象那块痣。

"时至今日，栗本大概对那块痣已经不在意
了。那种烦恼也成为过去了。"

"成为过去，难道就会了无痕迹吗？"

"过去了的，有时倒叫人怪想念的。"

夫人似乎有些心神恍惚地说。

只有一件事，菊治本来没打算说，结果还是
说了出来。

"方才茶会上，坐在你旁边的那位小姐——"

"哦，是雪子。是稻村家的千金吧。"

"栗本为了让我看看她，才邀我来的。"

"哟！"

夫人睁圆那对大眼睛，死死盯着菊治。

"是相亲吗？我可一点没察觉。"

"不是相亲。"

"原来是这么回事呀？相完了亲回来……"

夫人流出的泪水一直淌到枕上，肩膀也在颤动。

"多不好。这多不好！为什么不告诉我？"

夫人把脸埋在枕上，哭了起来。

这倒出乎菊治的意料。

"不论是相亲回来也罢，不是也罢，要说不好，确实不好。不过，那同这没关系。"

菊治口上这么说，心里也的确这么想。

顿时，稻村小姐点茶的身姿浮现在菊治的脑海里，仿佛还看见那只桃红色的千鹤包袱。

这样一想，对挨在一旁抽抽噎噎的夫人，连身子都觉得可厌。

"啊，太不好了！我这人真是造孽，要不得呀！"

说完，她浑圆的肩膀又颤动起来。

菊治倘生悔心，准是因为觉得丑恶。相亲这回事姑且勿论，她毕竟是父亲的女人呀！

然而，直到此刻，菊治既没后悔，也不觉得丑恶。

菊治也莫名其妙，怎么会跟夫人做出这种事来。一切都来得那么自然。照夫人刚才的话来看，也许她后悔不该引诱菊治。可是，恐怕她压根儿就没想到要诱惑他，菊治自己也不觉得是受了蛊惑。再从情绪上说，菊治没有丝毫的抵触，夫人也一点没有撑拒。简直可说，道德观念根本就没发生作用。

两人走进圆觉寺对山上的一家旅馆，一起吃了晚饭。因为关于菊治父亲的事，还没有说完。菊治并不是非听不可，一本正经听她宣科，本来就挺滑稽，但是，太田夫人似乎没想到这一层，只是不胜眷恋地一味说下去。菊治听着，安闲恬适，感到她的一番好意，沉浸在柔情蜜意之中。

菊治仿佛咂摸到父亲曾经尝到的那种幸福。

要说不该，委实也不该。既然错过摆脱夫人的机会，又何妨在心甜意洽之际，同结体肤之谊？

然而，菊治心头像蒙了一层荫翳，正是为了一吐那股郁闷之气，才说出千花子和稻村小姐的事也未可知。

想不到他的话，效力如此之大。后悔起来，反显得丑恶不堪，而且还存心出言伤人，菊治不由得对自己一发嫌恶起来。

"就忘掉这回事吧。这没什么。"夫人说，"这种事，算不了什么。"

"你是因为想起我父亲吧？"

"啊？"

夫人一惊，仰起脸来。方才伏在枕上哭得眼皮都红了。眼白也有些红。菊治看出她那睁大的眸子里，还残留着一丝女人的倦怠。

"你要这么说，我也没法儿。我是个可怜的女人，是不？"

"胡说。"

说着，菊治一把拉开她的衣襟。

"要是有颗痣，就忘不了，留个印象……"

菊治对自己的话感到吃惊。

"别这样。别这么个瞧法，我已经不年轻了。"

菊治露出牙来，凑了过去。

夫人方才那种热潮又来了。

菊治安然入睡了。

睡意蒙眬之中，听见小鸟啁啾。在鸟声婉转中醒来，菊治觉得似乎还是第一次。

宛如晨雾润泽绿树一般，菊治的脑筋仿佛也给涤洗过了似的，无思无虑。

夫人背对菊治而眠，不知什么工夫翻过身来。菊治笑意盈盈，支起一只胳膊，在薄明微暗中，凝视着夫人的面庞。

五

茶会之后半个来月，太田小姐登门来访菊治。

菊治把她让进客厅，为了镇定一下自己慌乱的情绪，便亲自去开酒柜，取些西点放在盘里。心里猜不出：是小姐一个人来的，抑或是夫人因为不好意思进来，还在门口等着？

菊治刚打开客厅门，小姐便从椅上站了起来。只见她低着头，下唇紧紧抿着，稍稍噘起。

"让你久等了。"

菊治从小姐身后走过去，打开朝院子的玻璃门。

经过她身后时，隐隐闻到花瓶里白牡丹的香味。小姐的肩膀丰腴圆润，稍向前挺。

"请坐。"

说着，菊治自己便先坐到椅上，镇静得出

奇。因为在小姐身上，看到了她母亲的面影。

"突然跑来打扰，真对不起。"小姐依然低着头说。

"哪里哪里。难为你能找到这里。"

"哎。"

菊治想了起来：空袭的时候，小姐曾陪伴他父亲，送到门口。在圆觉寺那天，夫人告诉过他。

菊治想提这事，却又忍住了，只是望着小姐。

于是，太田夫人温馨可人之处，如同滚水一般，又在心里翻腾上来。菊治记起夫人对什么都那么柔顺宽宥，便也安然起来。

因为这种安然之感，所以才对小姐好像放松了戒心。不过，他没法正脸看她。

"我……"

小姐顿住了话头，扬起脸来。

"我是为母亲的事，来求您的。"

菊治屏了一口气。

"希望您能原谅我母亲。"

"什么？原谅？"

菊治反问了一句，想必连他的事，夫人也吐露给女儿了。

"想说请求原谅的，恐怕倒应该是我。"

"令尊的事，也得请您原谅。"

"即使是家父的事，如果请求原谅的话，不也应该是家父吗？家母现在已经过世了，要原谅，谁来原谅呢？"

"令尊故世得早，我想也是因为我母亲。还有，令堂也是……这些话，我全同母亲说过。"

"那你真是太过虑了。你母亲也很可怜。"

"要是我母亲先死就好了。"

看上去小姐简直羞愧得无地自容的样子。

菊治察觉小姐在暗指夫人同自己的事。这件事不知让小姐有多羞耻和伤心呢。

"请您原谅我母亲吧。"

小姐仍一味恳求。

"原谅也罢，不原谅也罢，总之，我是很感激你母亲的。"

菊治说得很斩截。

"是母亲不好。她这人太糟糕了，您就甭管她，甭再理她。"

小姐急口说着，声音都有点发颤。

"我求您了。"

小姐说的原谅，言下之意，菊治当然明白。其中也含有不要再理睬她母亲的意思。

"请您也不要再打电话来……"

小姐说着说着，脸上飞起一片红晕，似乎为了压下羞恶之心，反而抬起头来，看着菊治，眼里噙着泪水。一双睁大的黑眸子，没有丝毫恶意，像在拼命哀求。

"我全明白了。真对不起。"菊治说。

"拜托您了。"

小姐越发羞红了脸，连白皙修长的颈项也都泛起红色。也许为了把修长的颈项衬托得格外美，西装领上还镶了一道白边。

"您打电话来约我母亲，她没有践约，是我给拦住了。她非要去不可，我死死抱住没放她去。"

小姐稍微透了口气，声音又转和缓。

菊治打电话去约太田夫人，是那次之后的第三天。夫人的声音透着高兴，可是，却没有到约定的咖啡馆来。

菊治只打过那么一次电话，后来也一直没见过面。

"过后，虽然觉得母亲可怜，当时却只觉得可耻，拼命拦她。于是母亲说：'文子，那你就给我回掉吧。'我走到电话机前，怎么也说不出话来。母亲呆呆地看着电话机，扑簌簌直掉泪。以为您好像就在电话机那儿呢。母亲就是那种人。"

两人默然有顷，然后菊治说：

"那天茶会之后，你母亲等我的时候，你为

什么先自回去呢？"

"我想叫您知道，母亲她并不是那种坏人。"

"她一点也不坏啊！"

小姐低垂目光。小鼻子形状周正，下唇显得有些�’起，优美的圆脸，长得很像母亲。

"我早就听说你母亲有你这位女儿，曾经想来跟你谈谈家父的事。"

小姐点了点头。

"有时我也有那种想法。"

菊治心下想，要是跟太田夫人之间什么事也没有，能同这位小姐不拘形迹地谈谈父亲的事该多好。

但是，菊治打心眼里原谅了太田的未亡人，原谅了父亲跟她的事，之所以这么宽容，也是因为他同这位未亡人之间不是什么关系也没有。这岂非怪事？

小姐大概发觉坐久了，赶忙站了起来。

菊治送她出去。

"几时有机会，能同你谈谈家父的事，再谈谈你母亲的好品性，那该多好。"

菊治虽然是信口说来，但另一方面也真是这么认为。

"可不。不过，不久就要结婚了吧？"

"我吗？"

"嗯。听我母亲这么说来着。她说您已经跟稻村雪子小姐相过亲了……"

"没有的事。"

一出大门，便是下坡。半山坡峰回路转，蜿蜒曲折。回首望去，只看得见菊治家院子里的树梢。

听了小姐的话，菊治眼前蓦地浮现出千鹤小姐的身影；这时，文子正停步向菊治告别。

菊治和小姐相反，向上坡走去。

林中落日

一

菊治在公司里还没下班，千花子便打来了电话。

"今儿个你直接回家吗？"

本来要回家的，可是菊治神情不悦地说：

"不一定啊。"

"为了你父亲，今儿就回家吧。你父亲往年在今儿都要举办茶会，可不是？一想起来，我就待不住了。"

菊治默不作声。

"你家茶室，喂喂，你家茶室，我在打扫的

时候，忽然想做几个菜。"

"你在什么地方？"

"府上，我已经到府上了。对不起，事先没跟你打个招呼。"这倒真是出乎菊治的意料。

"一想起今儿这日子，我就怎么也待不住了。我想，要是能让我打扫一下茶室，没准儿心里能松快些。当然事先该打个电话才好，可我准知道你不会答应。"

父亲死后，茶室就没用了。

母亲在世的时候，好像还常常进去，独自个儿坐在里边。不过，不生炉子，只是提一壶开水进去。菊治不愿意母亲进茶室，不放心她冷冷清清地坐在里面，不知想些什么。

菊治虽然很想看看母亲孤单一人待在茶室里的样子，可终究没进去看过。

然而，在父亲生前，进茶室帮忙的，却是千花子。母亲那时难得去茶室。

母亲死后，茶室便一直关着。只有父亲在世

时就来帮工的一个老女佣，一年里给打开几次，通通风罢了。

"有多久没扫了？这席子不管怎么擦，都有股霉味，真没治。"千花子越说越肆无忌惮。

"我扫着扫着，就想起要做几个菜来。一时心血来潮，菜料也不全，不过也稍稍打点好几样。所以，想请你下了班，马上回家。"

"哦，你这人真是。"

"光你一个人，可能太冷清些，公司里的同事，请上三四位来，你看好不好？"

"恐怕不行。没人懂茶道。"

"不懂倒更好，因为准备得挺马虎，就随便请几位来吧。"

"那不行。"

菊治直截了当地回绝。

"不行？真扫兴。那怎么办呢？请谁来好呢？你父亲的茶友——怎么好请呢？要不，就叫稻村小姐来，好吗？"

“别开玩笑了，算了吧。”

“怎么啦？不挺好吗？那件事，他们那边倒挺有意思，你再仔仔细细打量一回，跟她好好聊聊不好？今天约她一下试试看，她倘若来，那就是小姐那边成了。”

“讨厌，这种事。”

菊治心里难过起来，说道：

“算了吧，我不回家。”

“什么？好吧，这事电话里不便谈，回头再说吧。反正，就这件事，请你早点回来。”

“什么这件事，我不管。”

“得了得了，算我多管闲事。”

说着，听筒里便传来千花子那股凌人的盛气。

菊治不由得想起千花子半边乳房上的那块大痣。

他仿佛听见千花子打扫茶室的扫帚声，扫帚就像扫过自己的脑海一样；又像擦走廊的抹布在揩自己的脑壳。

尽管菊治对她早就感到嫌恶，可是，她竟然趁菊治不在家，跑进屋里，擅自做起菜来，也真是件怪事。

要说是为了祭奠父亲，打扫一下茶室，甚至插几枝花就回去，倒也情有可原。

然而，就在菊治心头火起，一片嫌恶之中，稻村小姐的倩影，好似一道霞光，闪烁发亮。

父亲死后，同千花子自然而然就疏远起来，可是她现在难道是想拿稻村小姐做幌子，与菊治重新修好而攀缠不成？

千花子的电话，照例有些滑稽，叫人哭笑不得，失去戒心，同时又咄咄逼人，强人所难。

菊治自忖，之所以觉得语带强制，是因为自己授人以柄。既然自己有弱点，感到心虚，对千花子擅自打来电话，也就不能发火。

难道千花子是因为抓住了菊治的弱点，才这么得寸进尺的吗？菊治一下班，便从公司到银座去，走进一家小酒吧。

他不得不乖乖按照千花子的吩咐回家，对自己的弱点，感到格外苦闷。

从圆觉寺的茶会出来，没想到竟同太田夫人在北镰仓的旅馆里投宿一宵，这事千花子不见得会知道。从那之后，她见过太田夫人吗？

从电话里那种咄咄逼人的腔调来看，菊治疑心未必就是千花子厚脸皮的缘故。

但也说不定千花子以她惯常的作风，在撮合菊治跟稻村小姐的婚事。

菊治在酒吧里，依然心神不属，便乘上电车回家。

国营电车经过有乐町，朝东京站驶去。菊治俯视窗外，望着两旁树木高耸的大街。

那条大街几乎同电车线构成直角，贯穿东西，恰好映射出夕阳的余晖，明晃晃的如同金属板一样。夹道的树木，尽管沐浴着残阳，从背面看去，那绿色却显得深沉幽黯，阴凉清爽，枝条舒展，阔叶繁茂。路两旁是一幢幢坚实的洋房。

可是，大街上行人出奇的少。一直到皇宫的护城河那里，都冷冷清清的。明亮晃眼的车道也是静悄悄的。

电车里拥挤不堪，向下望去，似乎只有那条街才沉浮于黄昏这一妙景之中，感到有种异国情调。

菊治依稀看见稻村小姐拿着饰有白鹤千只的桃红绉绸包袱，正走在林荫道上。那千鹤包袱恍如看得格外分明。

菊治觉得心情为之一振。

又一想，小姐此刻也许快到他家，不由得心慌意乱起来。

这且不说，千花子在电话里要菊治约请几位同事，菊治不肯，便说叫稻村小姐来，她究竟打的什么主意呢？难道一开头她就存心要叫稻村小姐来的吗？菊治简直弄不明白。

一到家，千花子就赶紧到门口来迎候，

说道：

"一个人吗？"

菊治点点头。

"一个人倒正好。她来啦。"

说着，千花子走到跟前，来接菊治的帽子和皮包。

"你回来的路上，去过哪儿了吧？"

菊治以为脸上还带着酒气。

"你去哪儿啦？后来我又打电话到公司，说你已经走了，方才还在算你回来的时间呐。"

"真没想到。"

千花子随便跑到他家里，为所欲为，连提都不提一声。她一直跟进起居室，打算把女佣放在那里的和服帮他穿上。

"不必麻烦。对不起，我要换衣服了。"

菊治脱掉上衣，甩开千花子，走进藏衣室。

他在藏衣室里换好衣服才出来。

千花子一直坐在那儿没动。

"单身汉一人过活，我算服了。"

"没什么。"

"这种光棍生活，趁早结束吧。"

"看我老子的样儿，就够了。"

千花子瞅了菊治一眼。

她从女佣那里，借了一件罩衣，穿在身上。那原是菊治母亲的，她把袖子卷了起来。

手腕往上一段，又白又胖，但不太匀称，肘弯那里青筋突起，肉好似又硬又厚，菊治感到很意外。

"依我看，还是茶室那儿好。不过，现在已把稻村小姐让进客厅里了。"

千花子一本正经地说。

"哦，茶室里，要点电灯吧？我还没见过里面点灯呢。"

"要不然就点蜡烛，倒更有意趣。"

"我不喜欢那套。"

千花子突然想起来似的说：

"对了，方才我打电话给稻村小姐，她便问，跟家母一起来吗？我说，能一起来更好。可是，她母亲有别的事，分不开身，结果只有小姐一个人来了。"

"她来，还不是听你的。把人呼来唤去，人家不会觉得太没礼貌吗？"

"这我懂。可是小姐人已经来了。既然来了，礼貌不礼貌，也不成其为问题了。"

"那为什么？"

"可不是嘛，今儿个既然肯来，就是人家小姐对这门亲事还是有意思的。就算我这事办得有点离谱，也不碍事。等到亲事谈成，你们两人尽管笑我栗本做事离谱好了。凭我的经验，成得了的事，不管怎么着，总归能成。"

千花子自以为是的样子，说话之间，仿佛看透了菊治的心思。

"你已经跟人家讲过了？"

"嗯，讲过了。"

千花子言下之意是，态度明确点儿。

菊治起身到廊子上，朝客厅走去。走到那株大石榴树旁，想尽力换一副神色。总不能让稻村小姐看这张不高兴的脸。

他朝石榴树幽暗的树荫看去，脑海里便又浮现出千花子的那块痣来。菊治摇了摇头。客厅前面的院子里，点景石上还留着一道落日的余晖。

客厅的纸格子门开着，稻村小姐坐在靠门口的地方。

小姐明艳照人，仿佛宽敞幽暗的客厅也赫然一亮。壁龛里的水盘里，插着菖蒲。

小姐系的，是一条绘有石菖蒲的腰带。大概是巧合吧，不过，为顺应季节，常有这种情形，也许不是偶然。

壁龛里的花，不是石菖蒲，而是菖蒲，所以，花和叶都插得高高的。一看那花便可知道，是千花子刚插好的。

二

第二天是星期日，下了一天雨。

下午，菊治一个人走进茶室，去归整昨天用过的茶具。

也为的是追寻稻村小姐的余香。

他让女佣送伞过来，刚要从客厅走下院子的石步，屋檐上的落水管坏了，水哗哗地落在石榴树前。

"那儿非修不可了。"菊治对女佣说。

"可不是嘛。"

菊治想起，老早以来，每逢雨夜，躺在床上听到那水声，就记挂着这回事。

"不过，一修起来，这里那里就该修个没完。我看趁坏得还不厉害，干脆卖掉得了。"

"有大宅子的人家，现在都这么说。昨天稻村小姐来，也挺惊讶的，说这房子真大。小姐大概要上咱们这儿来吧。"

女佣似乎想劝他不要卖掉。

"是栗本师傅这么说的吗？"

"是的。小姐一来，师傅就带她到屋里各处看了看。"

"唉，这人真是的。"

昨天，小姐没向菊治提到这事。

菊治以为，小姐只是从客厅走到茶室而已，所以，今天自己也不由得想打客厅到茶室走走。

菊治昨夜一夜没有合眼。

他觉得小姐的芳泽余香还会在茶室里荡漾，甚至半夜三更里还想起身，到茶室去看看。

"她永远是可望而不可即的彼岸之人！"

对稻村小姐，他认定如此，所以尽量想法入睡。

这位小姐竟由千花子领着，在家里到各处看了一遍，实在出乎菊治的意料。

菊治吩咐女佣把炭火送到茶室里来，然后踩着石步走了过去。昨晚，千花子要回北镰

仓，便和稻村小姐一起走了。收拾碗盏什么
的，留给了女佣。

茶具摆在茶室的一角，只要归整起来就行
了，可是菊治不知原来搁在什么地方。

"栗本倒比我还清楚。"

菊治自言自语，打量着挂在壁龛里的歌仙的
绘像。

那是画家宗达①的一张小品，淡墨线描，轻轻
着彩。

"这画的是谁呀？"

昨天稻村小姐这样问过，菊治一时竟回答不
上来。

"哦，是谁呢？没有题款，我也不知道。这
类画上的和歌诗人，模样都差不多。"

"是宗于②吧？"千花子插嘴说，"和歌写

---

① 宗达：江户初期画家，生卒年不详。出身富商之家。绘画上吸
收了日本的传统技法，加以大胆的装饰化，使水墨画别开生面。
② 源宗于（？—940），平安前期诗人，三十六歌仙之一。光孝
天皇之孙。有《宗于朝臣集》。

的是：常磐松树绿，春来分外青。按节令来说，嫌晚了点儿，可是你父亲挺喜欢，春天常常挂出来。"

"究竟是宗于还是贯之①，光凭画面，是不易分辨出来的。"

菊治又这样说了一句。

即使今天再细看，那张方脸膛，仍然分辨不出是谁。

然而，一幅小画寥寥几笔，倒令人觉得形象很大。这样端详之下，隐约闻到一股清香。

不论是这幅歌仙的画像，抑或是昨日客厅里插的菖蒲，都能勾起菊治对稻村小姐的回忆。

"因为等水开，所以送晚了。我想让水多滚一会儿再拿来。"说着，女佣把炭火和茶釜搬了过来。

因为茶室潮湿，菊治才要火的，并没打算要

---

① 纪贯之（872—945），平安前期诗人，三十六歌仙之一。著有《贯之集》《土佐日记》等。

茶釜。

女佣大概是听菊治说要火，便很机灵地连开水也给预备好了。菊治随便加了几块炭，放上茶釜。

从小就跟着父亲出去参加茶会，对茶道这套规矩自然很熟；可是点茶之类，还没这个雅兴。父亲也不勉强他非学不可。

现在，水已经开了，他只是把茶釜盖稍微错开一点，坐在那里只管出神。

屋里还有股霉味儿。席子也挺潮。

素雅的墙壁，昨天稻村小姐在这里，把她衬映得越发娇艳妖媚，可是今天却显得暗淡无光。

菊治感觉就像住在洋房里，穿起和服一样。记得昨天他对小姐说：

"栗本突然请你来，一定感到很为难吧？点茶什么的，也是她自作主张。"

"我听师傅说，令尊生前年年在今儿办茶会。"

"是有此一说。不过，我早忘了，连想都没想起。"

"在这样的日子，师傅把我这个生手叫来，不是叫人难堪嘛！再说，这一向我又偷懒很少去学。"

"栗本也是今早才想起来，现来打扫的。你看，还有股霉味嘛。"菊治接着嗫嚅着说，"不过，一样的相识，倘若不是栗本介绍，就更好了。我真觉得对不起小姐。"

小姐感到迷惑不解，望着菊治。

"那为什么？要是没师傅，不就没人给咱们介绍了吗？"

固然是随口反驳一句，但也是实情。

的确，倘若没有千花子，两人恐怕今生今世也不会相见。

菊治好像眼前一闪，劈头挨了一鞭似的。

并且，听小姐的口气，这头亲事似已应允，至少菊治是这么认为的。小姐那迷惑不解的眼神，菊治之所以觉得像道闪光，也是因为这个道理。

然而，菊治直呼千花子为栗本，小姐听了，会作何感想呢？尽管为时很短，千花子毕竟曾是父亲的情妇。这点，小姐是否知情呢？

"在我的印象中，栗本很有点令人讨厌的地方。"

菊治的声音几乎有点发颤。

"有关我命运的事，我不愿意她沾边。我简直不能相信，你会是由她介绍的。"

这时，千花子把自己的食案也端了进来。谈话便中断了。

"让我也来陪陪你们。"

说着千花子便坐下来，仿佛刚干完活，要平一平气喘似的，稍微弯着背，察看小姐的脸色。

"只有一位客人，似乎冷清了点儿，不过，你父亲准会高兴。"

小姐垂下眼帘，肃然说："这是令尊的茶

室，我真是不配来。"

千花子听了也不在意，想起什么便说什么，把菊治父亲生前使用这间茶室的情况说个不停。

她好像断定这头婚事已经谈成了。

临走时，千花子在门口说：

"菊治少爷改天去稻村小姐府上回访一次，好不好？那时就该把日子定下来了。"

小姐听了点了点头，似要说什么，却没有说出口。本能使然，小姐浑身忽然显出一股娇羞之态。

菊治似乎都感觉到了她的体温，大感意外。

可是，菊治总觉得笼在一层黑暗而丑恶的帷幕之中。

直到今天这层幕也揭不掉。

不仅给他介绍稻村小姐的千花子不够洁净，就是他菊治本人也不洁净。

他常常陷于胡思乱想，父亲用不洁净的牙齿，去咬千花子胸脯上那块痣，父亲的影子跟自己重叠了起来。

即使小姐对千花子毫无芥蒂，菊治却不能释然。他为人怯懦，优柔寡断，虽然不全是源出于此，但至少也是原因之一。

菊治摆出嫌恶千花子的神气，同时还装作这次婚事完全是千花子强加于他的样子。千花子就是这样一个别人可以随便利用的女人。

他疑心小姐已经看穿这套把戏，所以觉得好似当头挨了一鞭。这时他才认清自己的为人，不禁感到愕然。

吃完饭，千花子去准备点茶的工夫，菊治又接着说：

"假使栗本就是操纵我们两人的命运之神，那么，对这命运的看法，小姐同我便有很大的差别。"

话里带些辩解的意味。

父亲死后，菊治就不愿让母亲一个人走进茶室。

不论父亲、母亲，还是自己，单独一人在茶

室里的时候，谁都是各想各的心事，直到现在，菊治仍这么认为。

雨点淅淅沥沥打在树叶上。

其中，夹杂着打在伞上的声音，并且越来越近。女佣站在纸格子门外说：

"太田女士来了。"

"太田女士？是小姐吗？"

"是太太。好像病了似的，人挺憔悴……"

菊治蓦地站了起来，却又不再动弹。

"请太太到哪屋？"

"这里好了。"

"是。"

太田遗孀伞都没打就来了。也许是放在门口了？菊治以为满脸的雨水，原来是眼泪。

因为从眼角不停地流到脸颊上，这才看出是泪水。

菊治太疏忽了，开头竟以为是雨水。

"啊！怎么了？"

菊治叫了一声奔过去。

夫人两手扶着窄廊，坐了上去。

身软体瘫，好像要朝菊治倒过来似的。

门槛附近的窄廊上，也给滴滴答答的雨水打湿了。

眼泪依旧潸潸不止，菊治竟又当成是雨点了。

夫人的眼睛始终盯着菊治，仿佛这样才能支撑着不倒下去。菊治也觉得，倘如躲开这视线，说不定会发生什么意外。

眼窝凹陷，眼圈发黑，眼角边起了鱼尾纹，成了双眼皮，带着点病态。奇怪的是那眼神如怨如诉，泪光点点，真有说不尽的温柔。

"对不起，我实在忍不住想来看看你。"

夫人的语气很亲切。

她整个体态都显得温柔可人。

倘如没有这份柔情，她那憔悴困顿的妇人样子，菊治不会去正眼瞧一眼的。

看到夫人痛苦之状，菊治简直心如刀割。他

明知这痛苦是因他而起，可是，他竟有种错觉，好像自己的痛苦，因夫人的温柔模样而减轻了不少。

"要淋湿的，快上来吧。"

菊治猛地从后背搂住夫人的胸口，几乎把她拖了上来。那动作差不多有些粗暴。

夫人想站稳脚。

"请放手，放开我。我很轻吧？"

"是啊。"

"轻多了。这些日子我瘦了。"

菊治突然把夫人抱了上来，对这个举动自己也有些吃惊。

"小姐不会担心吗？"

"文子？"

听夫人这么一叫，还以为文子也跟来了。

"小姐也一起来了吗？"

"哪里，我是瞒着她来的……"

夫人抽泣着说。

"那孩子一刻都不放松地盯着我。哪怕是深更半夜，只要我一有动静，马上就惊醒。为了我，那孩子也变得有点异乎寻常了。她甚至怪我：妈为什么只生我一个？哪怕是三谷先生的孩子也好哇！"

说话的工夫，夫人坐正了身子。

从夫人的话里，菊治咂摸出小姐的悲哀。

是文子看着母亲忧伤，感到于心不忍，而深自悲哀吧？

尽管如此，文子说的"哪怕是三谷先生的孩子也好哇"这句话，菊治听了，不免有些刺心。

夫人还在目不转睛地盯着菊治。

"没准儿今儿还会追到这儿来。趁她没在家，我溜了出来……她大概以为下雨天，我不会出来。"

"下雨天，怎么样？"

"以为我身体弱得下雨天出不了门吧。"

菊治只是点点头。

"那天，文子上这儿来过吧？"

"来过。她说：'原谅我母亲吧。'弄得我简直没法回答。"

"那孩子的心思我全知道，为什么我偏偏还要来呢？哦，天哪！"

"不过，我很感激你。"

"这真求之不得了。能这样，我也该称心了……可事后我还懊恼，真对不起。"

"按说，也没什么可缠住你的。要有，难道是我父亲的阴魂不成？"

然而，听了菊治的话，夫人不为所动，并未改容。菊治仿佛扑了个空。

"把这些都忘了吧。"

接着，夫人又说：

"可是，不知为什么，接到栗本师傅的电话，我会这么沉不住气，真是难为情。"

"栗本给你打电话了？"

"嗯，今儿早晨。她说你跟稻村家雪子小

姐的亲事已经定了……这件事，她干吗要告诉我呢？"

太田夫人的眼睛又湿润了。可是，忽又一笑。倒不是又哭又笑，实在是天真的微笑。

"还没有说定呢。"

菊治否认说。

"我的事，你是不是让栗本看出什么来了？那次之后，你跟她见过面没有？"

"没见过。不过，她那个人挺厉害，没准知道了也难说。今儿早晨电话里，她准会觉得奇怪。也怪自己没用，当时差点儿没倒下去，也不知嚷了些什么。电话里她准听出来了。结果被她说了一句：'太太，请你不要再从中作梗，行不行？'"

菊治皱起眉头，一时说不出话来。

"说我从中作梗，这可真是……你和雪子的婚事，我只觉得自己不好。从早晨起，我就挺怕她的，战战兢兢，在家里简直待不下去。"

说着，夫人就像有什么东西附体似的，肩膀索索抖个不住，嘴角咧向一边，吊了上去。显出上了年纪的那种丑态。

菊治起身走过去，伸手去按夫人的肩膀。

夫人抓住他的手说：

"我害怕，怕得很呀！"

说着，神色悚然地向四周打量了一回。忽然，疲惫无力地说：

"是府上的茶室吗？"

这句问话是什么意思？菊治有些不解，便含糊其词地应道：

"是的。"

"这茶室相当好呢。"

难道她想起了常常来赴约的亡夫，抑或是做东道主的菊治父亲？

"是头一次来吗？"

菊治问。

"嗯。"

"你看什么呢？"

"没有，没看什么。"

"那是宗达画的歌仙绘像。"

夫人的头点了一点，顺势垂了下去。

"以前没来过我家吗？"

"嗯，压根儿没来过。"

"是吗？"

"噢，来过一次，向你父亲辞灵那回……"

说完，夫人就没再作声。

"水开了，来一杯，怎样？可以解解乏。我
也想喝。"

"嗳，行吗？"

夫人刚站起来，便一个踉跄。

菊治从墙角的箱子里拿出茶碗之类，忽然想
到这些茶具稻村小姐昨天刚用过。不过，他还是
拿了出来。

夫人想取下茶釜上的盖子，手哆哆嗦嗦的，
盖子碰到茶釜上，磕响了一下。

她拿着茶勺，胸朝前倾，眼泪滴湿了茶釜边。

"这只茶釜，还是我请你父亲买下来的。"

"是吗？我一点不知道。"菊治说。

尽管夫人说这本是她亡夫的茶釜，菊治也无反感，对夫人这种直率并不觉得有什么失礼。

夫人点完茶说：

"我端不动。劳驾你过来一下好吗？"

菊治走到茶釜旁边，就在那里喝了起来。

夫人好似昏了过去，倒在菊治的腿上。

菊治抱住夫人的肩膀，夫人轻轻动弹了一下，呼吸越来越弱。

菊治的胳膊里，仿佛抱着一个婴儿，夫人的身子软软的。

三

"太太！"

菊治使劲摇着夫人说。

菊治双手按着她脖根连着胸骨的地方，看上

去像掐着她的脖子似的。显然，她的胸骨比上一次更加凸出了。

"太太，是我父亲还是我，你分得清吗？"

"你好狠心啊！我不干。"

夫人闭着眼睛，娇嗔地说。

她仿佛还沉浸在另一个天地里，不想立刻回到现实中来。

方才，与其说菊治在追问夫人，不如说在探索自己那颗不安的心。

菊治乖乖地给诱进了另一个天地里。只能把那看成是另一个天地。那里，究竟是父亲还是菊治，似乎浑无区别。即或有什么不安，也等日后再说。

夫人简直不像是尘俗女子，甚至令人以为是史前的或是人类最后的女子。

她一旦堕进那另一个天地，便使人疑心，她对亡夫，对菊治父亲，以及对菊治，是不是已经不复辨认了？

"你想起我父亲的时候，是不是把他跟我当成了一个人？"

"原谅我。啊，太可怕了。我这人真是造孽呀！"

夫人的眼角淌下两行清泪。

"啊，真想死，我真想死啊！这会儿要能死掉，该多好。方才你不是要掐我的脖子吗？为什么不掐了呢？"

"别胡说了。不过，叫你这么一说，我倒想掐一下试试。"

"真的？那太谢谢你了。"

说着，夫人便伸长了脖子。

"人瘦脖子细，掐起来容易。"

"你舍得留下小姐去死吗？"

"没什么。反正这样下去，迟早会累死的。文子我就托付给你了。"

"你是说小姐也像你一样……"

夫人忽地睁开眼睛。

菊治也给自己的话吓了一跳，简直没想到会说出这话来。

夫人听了有何想法呢？

"你瞧，脉搏这么乱……我活不长了。"

说完，夫人拿起菊治的手，按在乳房下。

也许方才菊治那句话，让她吃了一惊，心才这样跳的。

"菊治，你多大了？"

菊治没有回答。

"还不到三十吧？我这人真该死，实在可悲。我自己也莫名其妙。"

夫人撑起一条胳膊，半身斜坐，蜷着两条腿。

菊治坐了起来。

"我来，可不是为败坏你跟雪子的婚事的。总之，一切都完了。"

"婚事还没定下来呢。不过，经你这么一说，我的过去也算一笔勾销了。"

"真的？"

　　"给我做媒的那个栗本，也是父亲的女人。那婆娘就爱提从前那些旧恨宿怨，出出心头的恶气。你是我父亲最后一个相好，我想父亲跟你在一起准很快活。"

　　"你还是同雪子早些结婚的好。"

　　"这要看我高兴。"

　　夫人失神地望着菊治，脸上没了血色，扶着前额说：

　　"天旋地转的，头晕得很。"

　　夫人一定要回去，菊治只好叫一辆汽车，自己也跟着坐了进去。她闭着眼睛，倚在汽车角落里。看她伤心无主的神情，像有性命之忧。

　　菊治没有进夫人的家。下车时，她从菊治手中抽出冰凉的手指，一溜烟便消失了。

　　当天夜里两点钟左右，文子打来电话。

　　"是三谷少爷吗？我妈方才……"

　　说到这里顿了一下，接着清清楚楚地说：

“过世了。”

“什么？你妈怎么啦？”

“死啦。心脏麻痹。这一向，她一直吃许多安眠药。”

菊治无言以对。

“所以，我想求您一件事。”

“唔。”

“要是您有熟悉的大夫，能不能请您陪他来一趟？”

“大夫？请大夫吗？很急吧？”

菊治很惊讶，怎么还没请到大夫，猛地恍然明白了。

夫人准是自杀了。文子为了掩饰其事，才向菊治求救的。

“我明白了。”

“那就拜托了。”

文子一定考虑再三，才打电话给菊治的。所以，说话才这样审慎郑重，只讲了一下要办的事。

菊治坐在电话机旁，闭上眼睛。

同太田夫人在北镰仓旅馆共度良宵后，在回家的电车上所看到的落日景色，蓦地掠过菊治的脑海。

那是池上本门寺林中的落日。

赭红的落日，像在树梢上掠过。

霞色将森林衬映得黑黝黝的一片。

掠过树梢的落日，刺痛疲倦的眼睛，菊治便闭上了眼睛。

那时，他忽然觉得，稻村小姐包袱上的千只白鹤，仿佛在眼内的霞空里翩跹飞舞。

志野陶

一

菊治上太田夫人家，是在"头七"后的第二天。

倘如等下班再去，要拖到傍晚，所以他打算早些走。可是每当动身要走时，就有些心慌意乱，那天迟迟疑疑，直到下班都还没走。

是文子出来开的门。

"嗳呀，是您！"

文子两手扶在地板上，抬头望着菊治。仿佛是用两手支撑着颤抖的肩膀。

"谢谢您昨天送来的花。"

"不客气。"

"送了花，我以为您不会来了呢。"

"是吗？不过，也有先送花后来人的吧。"

"这倒没想到。"

"我昨天到附近花店来过……"

文子一本正经地点头说：

"虽然花上没有名片，可我立刻就猜到是您送的。"

菊治想起昨天在花店里，站在花丛中回忆太田夫人的情景。还想起，蓦然间，花的香气竟冲淡了他对罪孽的恐惧。

此刻又受到文子温柔的接待。

文子穿一件白地的布衣服，没有搽粉，只是在有些干燥的嘴唇上，涂上淡淡一层口红。

"因为我想，昨天还是不来为好。"菊治说。

文子把膝盖往斜里挪了挪，意思是请菊治上来。

文子大概是为了要忍住不哭，才在门口寒暄的，可是当场再要说什么，说不定就会哭出来。

"收到您的花，真不知有多高兴。不过，您昨天也可以来的。"文子从菊治的背后站起身，走过来说。

菊治尽量装出轻松的口气说：

"我怕招令亲贵戚讨厌，那反而不美。"

"我已经不在乎这些了。"

文子说得很爽快。

客厅内，骨灰坛前摆着太田夫人的遗像。

只有菊治昨天送的花，还供在那里。

菊治有些愕然，只留下他的花，别人的花难道文子都收走了吗？不过，"头七"也许很冷清也难说。菊治有这种感觉。

"是水罐子吧？"

文子知道菊治说的是花瓶，便回答说：

"是的。我觉得挺合适。"

"好像是件上好的志野陶。"

做茶道的水罐用，略微小了点。

里面插的，是洁白的玫瑰和浅色的石竹。花束跟直筒形的水罐很相称。

"我妈也常常用来插花，所以就留下来没卖掉。"

菊治坐在骨灰坛前，点上香，然后合掌闭目祷告。

他在祈求饶恕。可是，心里对夫人的爱，充满感激之情，仿佛又受到夫人一腔柔情的抚慰。

夫人是感到罪孽深重，不能自拔，才一死了事呢？抑或是情爱弥笃，无法克制，才殉情而死的？致夫人于死命的，究竟是爱还是罪？菊治想了一个星期，百思不得其解。

此时此刻，面对灵位，闭目凝思，脑海里虽然没有浮现出夫人的绰约丰姿，但那令人陶醉的香艳之感，却温存地萦绕着他。奇怪的是，菊治并不觉得有什么不自然，这恐怕也是因为夫人。那种感触的来复，只可以意会而不可以言传。

夫人死后，菊治常常夜不成寐，便在酒里加安眠药。尽管这样，还是容易醒，而且梦很多。

　　不过，做的倒不是噩梦。梦醒萦回，常常感到甜美酣畅，令人陶醉；哪怕醒后，也依然为之销魂。

　　一个死去的人，居然让人能在梦中感到她的拥抱，菊治觉得真是不可思议。凭他肤浅的经验，简直不可想象。

　　"我这人真是造孽。"

　　在北镰仓同菊治开旅馆那夜，夫人说过这句话；走进菊治家茶室时，也曾说过。正像这句话引起夫人快活的战栗和唏嘘一样，如今菊治坐在灵位前，虽然想着她的死，造成她死的就是罪孽，可夫人所说造孽这句话的声音，却仿佛又在耳畔回响。

　　菊治睁开眼睛来。

　　文子在他身后抽泣，像似极力忍着不哭出声来，但禁不住漏出一声两声，马上又咽了下去。

菊治端坐不动，问文子说：

"这是什么时候的照片？"

"五六年前的，是小照片放大的。"

"唔？是点茶时拍的吧？"

"咦？您倒看出来了。"

是张脸部放大照。齐衣领合拢之处，往下给剪掉了，两边肩膀也给剪了。

"您怎么知道是点茶时拍的？"文子问。

"我这么觉得。你看，她眼睛朝下，脸上的表情好像在做什么事。虽然看不见肩膀，也能感到身上在使劲。"

"起先我觉得脸有些侧，犹豫了一阵，可是，我妈生前最喜欢这张照片。"

"这照片又娴静，又优美。"

"不过，脸有些侧，毕竟不大好。人家上香时，好像都不正眼看人不是？"

"哦，这倒是。"

"不光是脸扭过去，还低着头。"

“不错。”

菊治想起夫人临死前一天点茶时的情景：

她拿着茶勺，泪水把茶釜边都滴湿了。菊治走过去接茶碗。等喝完茶，釜上的眼泪才干。他刚刚放下茶碗，夫人便倒在菊治的腿上。

“拍这张照的时候，她人还胖一点。”

接着，文子又讷讷地说：

“再说，跟我太像的照片，供在那里，不知怎的，总有些不好意思。”

菊治蓦地回头看了一眼。

文子目光低垂。那目光，方才一直凝视着菊治的背影。

这回菊治少不得离开灵位前，跟文子相对而坐。

但是，对文子，他还有什么表示歉意的话好说呢？

幸而插花的器什，是个志野陶的水罐。菊治两手轻轻撑在罐前，装作打量茶具的模样。

白釉面上隐隐泛出红色，菊治伸手摸了摸那冷艳而又温馨的表面。

"柔润得像梦幻似的，这种精品志野陶，也确实叫人喜欢。"

他刚要说"柔润得像梦幻中的女人似的"，便止住口，没说出"女人"二字。

"要是中意的话，就送给您，作为我母亲的纪念品。"

"不敢当。"

菊治抬起头来赶紧说。

"既然喜欢，就甭客气。我妈在天之灵也会高兴的。这水罐，似乎东西还不错。"

"当然是件精品。"

"我也是听妈那么说。所以，才把您送的花插在里面。"

菊治也没想到，竟然会热泪盈眶。

"那么我就收下了。"

"我妈也准会高兴的。"

"不过，看来我不大可能把它当茶道的水罐用，只能拿来当个花瓶。"

"我妈也用它插过花。能作花瓶用，也足够了。"

"即使插花，也不是茶道用的花。茶道器具要不用在茶道上，未免可惜了。"

"我不想学茶道了。"

菊治趁回头的工夫，站了起来。他把放在壁龛附近的坐垫拖到廊子这边，坐了下来。

文子坐得离菊治有几步远，一直没用坐垫，在他身后侍候着。因为菊治挪开了，文子便孤单单地给留在客厅的中央。

她两手手指弯着放在膝盖上，大概怕手指发颤，便握了起来。

"三谷少爷，请原谅我妈吧。"

文子说完，嗒然低下头去。

在她一低头的那瞬间，菊治以为她会倒下去，不禁吃了一惊，说道：

"哪儿的话。要请原谅的，该是我。我觉得，'请原谅'这三个字，我都说不出口。不知该怎样表示歉意才好。对你，我感到有愧，简直不好意思来见你。"

"有愧的是我们呀。"

文子脸上露出羞惭的神色。

"真想钻进什么地缝里去。"

从她那没搽脂粉的脸颊，直到白皙修长的颈项，都微微泛起红晕，看得出文子已心力交瘁。

那微红的脸色，反而使人感到她有些贫血。

菊治内疚地说：

"我想，你妈不知有多恨我呢。"

"恨您？瞧您说的。我妈她会恨您吗？"

"怎么不会？不是因为我，她才死的吗？"

"那是她自己寻死。我一直这么认为。她死后，这一个星期里，我一个人就在琢磨这件事来着。"

"她过世了，你就一个人待在家里吗？"

"嗯。原先妈和我两个人，也一直这么过的。"

　　"你妈，是我害了她。"

　　"是她自己要死的嘛。要说是您害了她，倒还不如说我害了她。倘如我妈死了，非得恨什么人的话，那就得恨我才是。要旁人来受过，或是悔恨什么，我妈的死，就显得不正大光明，不纯正无疵了。让活着的人负疚或后悔，我觉得会给死者增添负累的。"

　　"也许确是这样。不过，要是我没遇上你的母亲……"

　　菊治说不下去了。

　　"我想，死去的人要能得到宽恕，那就如愿以偿了。说不定我妈就是想以死来求您宽恕。您能原谅她吗？"

　　说完，文子便站起身走开了。

　　听了文子的话，菊治觉得脑海里好似撤除了一层帷幕。

心里忖道：人死了，负累也能减轻吗？

难道因死人而烦恼，就等于诅咒死者，就是浅薄，就是错上加错不成？其实，死就死了，哪儿还会用道德强制活着的人？

菊治的目光又转向夫人的照片。

二

这时，文子端着茶盘进来。

盘里放着两只直筒状的茶碗，一只是赤乐①，一只是黑乐。黑釉的那只，放在菊治面前。

沏的是粗茶。

菊治端起茶碗，一边打量碗底的款识，一边莽撞地问了一句："谁烧的？"

"我想是了入。"

"红的也是？"

---

① 日本陶瓷之一种。京都人长次郎（？—1625），得茶道名家千利休亲授，烧制成的茶具为丰臣秀吉所喜，赐以"乐"印，遂用为家号。"乐家茶碗"按釉色分为白、黑、红三种，多有名品传世。下文的"了入"，为乐家第九代陶匠。

"嗯。"

"原来是一对呀！"

说着，菊治打量了那只红的一眼。

红的一只放在文子的膝前，还没碰过。

这对直筒茶碗，用来喝茶正合适。可是菊治脑海里倏地浮起一个恼人的幻象。

文子的父亲死后，菊治的父亲还在世，每次来找文子母亲，两人不就是把这对乐家茶碗当普通茶碗用的吗？给菊治的父亲用黑的，文子的母亲用那只红的，岂不是一对夫妻碗吗？

真是了入瓷，倒也不算辱没了它，或许还是他们旅行幽会用的茶碗也难说。

果真如此的话，文子又明明知道个中情形，还给菊治拿出这对茶碗来，那就未免太捉弄人了。

可是菊治既未感到含沙射影的讥刺，也未觉出别有用心的企图。

他认为这纯粹是一种少女的感伤。

而且，连菊治自己也给牵惹得感伤起来。

也许是太田夫人的死把文子和菊治都给缠住了，无力抗拒这种别样情调的感伤。然而，这对乐家茶碗，使菊治与文子陷入同样的悲伤、同样的深沉。

菊治的父亲和文子的母亲之间，母亲与菊治之间，以及母亲的死，一切的一切，文子全都清楚。

文子母亲自杀的事给遮掩过去，也是他们二人同谋的。

文子沏茶时好像哭过，眼睛有些发红。

"我觉得今天还是来了的好。"

菊治说。

"照你方才的话，可以理解为，死人与活人之间，不论原谅不原谅，已经没有什么意义了。那么，我现在能不能够认为，已经得到你母亲的宽恕了呢？"

文子点点头说：

"要不然，我妈也得不到您的宽恕呀，尽管她始终不能原谅自己。"

"可是，我到这儿来，跟你这样相对而坐，不是有点过分吗？"

"那为什么？"文子望着菊治说，"您的意思，是她不该死吗？母亲刚死那两天，我真有些替她抱屈，不论怎样被人误解，死总不能洗刷什么。死了，岂不是拒绝别人谅解吗？别人也无从宽恕她呀。"

菊治默默听着，心里在想，难道文子也探索过死亡的奥秘？听到文子说，死是拒绝别人的谅解，使他颇感意外。

就以眼前而论，菊治所了解的夫人与文子所了解的母亲，大概就有很大出入。

文子无法了解作为女人的母亲。

在菊治来说，宽恕别人也罢，被人宽恕也罢，只发生在对女人肉体那种如梦如痴的陶醉之中。

这对一黑一红的乐家茶碗，似又使菊治悠然神游那如梦如痴的境界。

文子就不会了解母亲的这一面。

从娘胎里生出来的孩子，却不了解母亲的肉体，似乎不无微妙；可是母亲的体态，竟传给了女儿，倒也微妙得很。

从方才文子在门口接他开始，菊治便感觉到一种脉脉的温情，那也是因为从文子温柔的圆脸上，看到了她母亲的面影。

倘如夫人从菊治身上，看到了他父亲的面影而再度失足，那么，菊治觉得文子酷似她母亲，便是令人战栗、大可诅咒的事。但是，菊治却又乖乖地受其诱惑。

只要看一眼文子那微翘的下唇，小巧而干燥的嘴唇，菊治便觉得无法同她争辩。

该怎么才能使她表示一下反抗呢？

菊治心里不禁生起这样一个念头。

"你妈人太温顺了，以至于活不下去。"他

说，"而我，对你妈未免又太狠心了点儿。有时不免把自己道德上的内疚，以那种形式强加于她。因为我这人既胆小，又卑鄙……"

"是我妈不好。她这人太糟糕了。不论同令尊的事，或是同您的事，我觉得这虽说不是她本性……"

文子欲言又止，脸上一片飞红。血色比方才强多了。

她稍稍扭过脸去，低垂了头，仿佛要躲开菊治的目光似的。

"不过，我妈死的第二天，我就渐渐觉得她美。倒不是我想象出来的，而是她自然而然显得美好起来。"

"对死去的人来说，不管怎么着，恐怕都一样吧。"

"我妈也许是因为对自己的秽行隐忍不了，才死的……"

"我看不是这样。"

"再说，她伤心也伤够了。"

文子眼里涌出泪水。大概想把母亲对菊治的深情吐露出来。

"死去的人已长留在我们心里，就好好珍惜吧。"

菊治又说：

"只是他们都死得太早了一点。"

文子大概也明白，菊治是指他跟文子两人的父母。

"你我都是独生子女。"

菊治接着说道。

可是说完这句话，他才想到，要是太田夫人没有文子这个女儿，他与夫人的事，说不定自己更要胡思乱想，叫那些阴暗怪诞的念头给缠住。

"据说你待我爸也很亲切。这还是听你妈说的。"

这句话他终于说了出来，以为说得很自然。

他认为，父亲和太田夫人相好，出入她家的

事，也不妨同文子聊聊。

可是，没料到文子当即手扶在席子上说：

"请您原谅。我妈也可怜……打那时起，她就随时准备死来着。"说完，便趴在那里，一动不动哭了起来，肩膀也像松了劲儿。

她没防菊治会来，连袜子也来不及穿上。她缩起身子，仿佛要把脚心藏在身下。

披散在席子上的头发，差点碰到那只直筒赤乐碗。

哭着哭着，她两手捂着脸，走了出去。

过了半晌还不见出来，菊治便说：

"那么我今天就此告辞了。"

说完，菊治走到门口。

这时，文子捧着一个包袱出来。

"这个包，请您带回去吧。"

"哦？"

"志野罐。"

将花取出，把水倒掉，擦干，装盒，然后包

好，对她的手脚麻利，菊治真是十分惊讶。

"今天就让我带回去？不是还要插花吗？"

"甭客气，只管拿着好了。"

菊治心里想，文子大概是因为浸沉在悲哀中，出手反而更加麻利了，嘴上说道：

"那么，我就收下了。"

"我亲自送到府上，固然周到，可是，有所不便。"

"那为什么？"

文子没有回答。

"好吧，请多保重。"

菊治刚要跨出门，文子说：

"谢谢您了。我妈的事，请不要介意，还是早些结婚吧。"

"你说什么？"

菊治回过脸去，文子却没有抬起头来。

三

　　志野陶水罐带回来后，菊治也想该插上白玫瑰和浅色的石竹花。直到太田夫人死后，菊治好像才爱上她，常常为之情思缠绵。

　　而且，他的感情，还是经她女儿文子点破之后，才了悟过来的。

　　星期天，他试着给文子打了个电话。

　　"你家里仍旧只有你一个人吗？"

　　"是呀，我也已经觉得寂寞了。"

　　"一个人住，总归不行的。"

　　"可不是。"

　　"你家里这么静，电话里都好像能感觉到。"

　　文子吃吃地笑了起来。

　　"请朋友来住住不好吗？"

　　"可我总觉得，要是别人一来，我妈的事就会给人知道了去似的……"

菊治无言以对。

"就你一个人，恐怕不便出门吧？"

"那倒不至于。可以锁上门出去。"

"那就请你来玩玩吧。"

"谢谢你，改日吧。"

"你身体怎么样？"

"瘦了点。"

"睡得好吗？"

"夜里几乎睡不着。"

"那怎么行呢？"

"最近也许把这儿的房子处理掉，到朋友那里租间房子住。"

"你说最近，是几时呢？"

"我想等这儿卖掉，就搬。"

"卖房子吗？"

"嗯。"

"你打算卖掉？"

"嗳。您认为卖掉不好？"

“唔，倒不是。我这座房子也想卖掉呢。”

文子没有作声。

“喂喂，这些事，电话里也谈不清。星期天我在家，能不能劳驾来一趟？”

“好吧。”

“你送的志野罐，我插上西洋花了。你要是来，可以当水罐用一次……”

“是点茶吗……”

“倒也不是。这件志野陶，要不当水罐用一次，未免委屈了它，是不是？何况，茶具本来就该配别的茶具用，才能相得益彰；要不然，货真价实的美就显不出来。”

“可是，今天我这副样子，比上次见面的时候更加难看。我不来了。”

“没有别的客人，怕什么呢？”

“不想来了……”

“是吗？”

“那么再见。”

"请多保重。好像有人来了，再说吧。"

来客原来是栗本千花子。

菊治神色有些惊惶，担心方才的电话会不会被她听去。

"实在闷得慌，也好久没碰上这样的好天儿，所以，我就来了。"千花子嘴上打着招呼，眼睛早已看见那件志野水罐。

"这往后入了夏，茶道就该闲一阵了，我想来这儿的茶室坐坐……"

千花子将带来的礼品、点心和一把扇子拿了出来。

"这茶室，怕又要泛潮发霉了吧？"

"也许吧。"

"那是太田家的水罐吧？让我看看。"

千花子若无其事地说着，身子朝花那边挪过去。

当她手扶在席上，往下一低头，那骨骼粗大的肩膀，就怒突出来，样子就像在喷吐毒气。

“买的？”

“不，送的。”

“送你这个？这礼物很贵重啊！是作纪念的吧？”

千花子一抬起头，便转过身子说：

“这么名贵的东西，你不会向她买吗？让人家小姐送，倒叫人有些不放心。”

“好吧，容我再考虑考虑。”

“就这么着吧。太田家的茶具，也弄来了不少，可都是你父亲买下来的。即使在照顾太田太太以后，也没白要过……”

“这些事，我不愿听你提。”

“好了好了，不提就是了。”

说着，千花子忽然轻快地站起身来，走了出去。

只听见她在那边跟女佣说话。过了一会儿，系着围裙出来。

“太田太太是自杀的吧？”

千花子出其不意地问道。

"不是。"

"不是？我一听就知道了。她那个人，身上总有股妖气。"

千花子望着菊治说。

"你父亲也说过，这个女人叫人捉摸不透。当然，我们女人家，看法又不同些。反正她总是装得天真烂漫的样儿，跟我一点儿都合不来。黏黏糊糊的……"

"人死了，你不要再说她坏话好不好？"

"话是这么说。可是死人不是还在破坏你的亲事吗？连你父亲也叫她折腾苦了。"

菊治心里想，觉得苦的，怕是你千花子吧。

父亲跟千花子相好，也只是逢场作戏，为时很短，虽然原因不在太田夫人，但是，父亲到死，跟太田夫人倒一直相好，千花子简直对她恨之入骨。

"她那种女人，像你这样的年轻后生，是不

会了解的。她死了倒好。我这是老实话。"

菊治扭过脸去没理她。

"连你的婚事，她都要从中作梗，谁受得了哇？她准是觉得太作孽，又收不了那份邪心，才死的。像她那种人，还以为死了能跟你父亲阴间相会哩。"

菊治不由得打了一个寒噤。

千花子走到院子里，说道：

"我也要上茶室去静静心。"

菊治坐在那里看着花，半晌没动。

粉白和浅红的花色，与志野陶上的釉彩，朦朦胧胧，混成一片。这时，文子独自在家掩面痛哭的身影忽然掠过脑际。

母亲的口红

菊治刷完牙，回到卧室的时候，女佣正把牵牛花插进挂在墙上的葫芦花瓶里。

"今天我要起来了。"

菊治嘴上这么说，身子又钻进了被窝。

他仰卧着，在枕头上歪着脖子，望着挂在壁龛角上的花朵。

"有一朵已经开了。"

女佣说着，便退到隔壁房里。

"今天还请假吧？"

"嗯，再休息一天。不过，我要起来。"

菊治因为伤风头痛，有四五天没去公司上班。

"这牵牛花，从什么地方摘来的？"

"在院子边上，缠在蘘荷上，都开了一朵了。"

大概是自生自长的吧？是那种常见的靛蓝色，纤细的藤蔓上，花和叶都挺小。

可是，插在古旧发黑的红漆葫芦花瓶里，绿叶蓝花倒垂下来，颇觉清新雅致。

父亲在世时，这女佣就一直在家里帮忙，这类事不用吩咐自己会做。

花瓶上红漆褪色的地方，还看得见花押。古色古香的盒子上，写着"宗旦"两字。如果确是真品，那只葫芦便是上三百年的东西了。

菊治不懂茶道插花的规矩，女佣自然也不清楚。不过，早上点茶，插牵牛花似乎也行。

在传世三百年的葫芦里，插着一个早晨便会凋谢的牵牛花，想到这里，菊治不禁凝目看了一会儿。

这跟同样是三百年前的志野陶水罐里插满西洋花相比，兴许还更合适些？

可是，养在水里，牵牛花究竟能保持多久呢？菊治心里不免有些嘀咕。

女佣侍候他吃早饭时，菊治说：

"那牵牛花，我以为眼看就会枯萎呢，倒也不见得。"

"是吗？"

菊治想了起来，文子权当她母亲的纪念品送他的志野水罐，他曾打算插一次牡丹花来着。

水罐拿回来时，牡丹花的花期已过，可是当时，也许什么地方还会有开的。

"我都忘了家里还有这样一只葫芦，难为你给找了出来。"

"是的。"

"你见过老爷在葫芦里插牵牛花吗？"

"倒没见过。牵牛花和葫芦都是蔓生的，所

以，我想插插看。”

"唔？蔓生……"

菊治笑了笑，愣在那里。

看报纸的时候，头开始发沉，菊治便躺在起居室里说：

"被盖还没收拾吧？"

女佣正在洗东西，听见问，菊治便擦着湿手进来说：

"那我去拾掇一下吧。"

菊治随即到卧室去，一看，壁龛里的牵牛花不见了。

葫芦花瓶也没挂在原处。

"哦。"

大概花要枯了，不愿让菊治看见的缘故吧？

女佣说，牵牛花和葫芦都是"蔓生的"，菊治无端笑了出来。是的，父亲当年的一些规矩，依然保留在女佣的某些做法里。

然而，志野水罐仍摆在壁龛正中的地方，没

有收走。

倘若文子走来看到了，准会以为不知爱惜呢。

这只水罐刚从文子那里拿来，菊治就赶紧插上白玫瑰和浅色的石竹。

因为文子在母亲灵位前，就是这样插的。而那束白玫瑰和石竹花，就是文子母亲"头七"那天，菊治送的。

菊治抱着水罐回家的路上，到昨天送文子家花的那片花店里，买了同样的花回来。

后来，光是摸摸那只水罐，菊治就会怦然心跳，便没再插什么花。

在路上，有时看到中年妇女的背影，他竟能给迷住，及至回过念来，便神情黯然，喃喃自语：

"简直是在犯罪。"

等他收束心神，再一端详，那背影并不像太田夫人。

只不过身腰丰满，形相略似而已。

倏地，菊治浑身一哆嗦，感到一种渴望，但同时，陶醉与疑惧交并，使他在即将犯罪的一刹那顷，当即醒悟过来。

"使我发生邪念的，究竟是什么呢？"

菊治即便这么说，想甩掉什么，可是代替回答的，竟是越发想与夫人相会的欲念。

与死者的神交，那种感触有时竟会活灵活现的。菊治也想过，若不能从中摆脱出来，自己便不可救药了。

有时菊治也认为，这或许是因为道德上的自责，引起官能上的病态。

菊治把志野水罐收进盒里，然后钻进被窝。

他转眼去看院子时，打起雷来了。

雷声虽远，却很响，而且越响越近。

电光开始掠过院里的树木。

骤雨已至。雷声倒像离得远了。

地上溅起了水花，雨势很猛。菊治爬起来，去给文子打电话。

"太田小姐已经搬走了……"

对方说。

"啊？"

菊治禁不住心头一跳。

"对不起。那么……"

菊治心想，文子已经把房子卖掉了。

"您知道搬到哪里吗？"

"啊，请稍等一下。"

接电话的似乎是女佣。

她马上又回到电话机旁，好像在照字条念，把地址告诉菊治。

说是房东姓户崎，也有电话。

菊治把电话又拨到那家。

只听见文子声音爽朗地说：

"让您久等了。我是文子。"

"文子小姐吗？我是三谷。我刚给你家打过电话。"

"真对不起。"

她声音压低之下，很像她母亲。

"几时搬的？"

"哦，是……"

"怎么不告诉我呢？"

"这些日子一直在朋友这里叨扰。房子已经卖掉了。"

"哦。"

"我总拿不定主意，不知要不要告诉您。起初没打算告诉您，也决定不告诉您。可近来，心里又后悔没告诉您。"

"那可不是嘛。"

"哟，您也这么认为？"

说话的工夫，菊治仿佛洗了一个澡，神气为之一爽。电话难道也会有这种效验？

"那个志野水罐，你送给我的，每次看到，就特别想见你。"

"是吗？家里还有另外一件志野陶，是只直筒形的小茶盅。上次我想跟水罐一起送给您来着。可是，因为我妈用来喝过茶，碗边上还染上了口红印……"

"唔？"

"那是我妈的说法。"

"陶器上沾着你妈的口红印，会不掉吗？"

"不是没掉。那件志野陶，本来就带点浅红，我妈说，口红一沾在碗口上，就怎么也擦不掉。妈死后，我看那茶盅，碗口上真有一处，像似隐隐地发红。"

文子说这话，果真那么若无其事吗？

菊治听不下去了，便转个话头：

"这里阵雨下得很大，你那里呢？"

"也是倾盆大雨呀。我怕打雷，都缩成一团了。"

"这场雨后，想必会凉爽一些。我在家休息了四五天，今天还在家里。高兴的话，过来玩玩吧。"

"谢谢。要拜访的话，也得等找到工作以

后。我想出去做点事。"

没等菊治回答，文子又说：

"接到您的电话，我挺高兴，就来一趟吧。虽然我觉得似乎不该再看您……"

菊治等阵雨过去，让女佣收起铺盖。

菊治自己也很奇怪，打电话的结果，居然是把文子给请了来。

他尤其没有料到，同太田夫人之间那种罪孽的阴影，竟因听了她女儿的声音而变得无影无踪。

难道是女儿的声音，使他觉得她母亲虽死犹生吗？

菊治刮胡子时，把刮下的胡子带肥皂沫，一齐甩在院里的树叶上，让雨水给冲掉。

刚过中午，还以为文子来了，菊治到门口一看，原来是栗本千花子。

"哦，是你！"

"天儿热起来了。好久没来了，今儿来看看你！"

"我身体不大舒服。"

"可别病了。脸色也不怎么好。"

千花子紧蹙眉头，看着菊治。

菊治思量着，自己认为文子会穿西服来的，怎么听见木屐声，就错当文子来了呢？真是怪事。嘴里同时说道：

"新镶了牙吧？好像年轻多了。"

"趁黄梅天，有闲工夫才去镶的……就是太白了点儿。反正很快就变色，管它呢。"

千花子走到菊治的卧室，看了看壁龛。

"什么都没有，这回可干净利索了吧？"菊治说。

"是呀，都是这黄梅天嘛。不过，至少得摆点花儿什么的……"

接着，千花子回过身子说：

"太田家的那件志野罐，后来怎么着了？"

菊治没作声。

"还掉不好吗？"

"那是我的事。"

"也不见得吧？"

"至少，用不着你来指手画脚。"

"倒也未必吧？"

千花子露出雪白的假牙笑着说：

"今儿个来，就是为了要噜苏几句。"

说着，陡然双手一挥，好像要赶掉什么似的。

"我非把那股妖气，从这个家里赶走不可……"

"你别吓唬人好不好？"

"不过，我这个媒人，今儿个倒要提几个条件出来。"

"假如还是稻村小姐的事，那么谢谢你的好意，我不能接受。"

"哟！哟！因为不中意我这个媒人，竟连中意的亲事也要毁掉，岂非气量太小？媒人搭桥，你只管在上面走道，你父亲当年还不是满不在乎，照样利用我。"

菊治沉下脸来。

千花子说得越起劲，肩膀就越爱耸起来。

"那也难怪。我跟太田太太不一样，心直口快。即便这种事，也不想藏在心里，总想有朝一日还是说说的好。遗憾的是，在你父亲那些相好的当中，我竟算不上数。短暂得很，一下子就吹了……"

说完，便低下头去。

"不过，我倒不恨他。打那以后，只要对他有用，他就随意利用我……你们男人家，利用有过关系的女人，顶牢靠了。我呢，也托你父亲的福，学到一些处世之道，大有用处。"

"哼。"

"所以，你就利用一下我这处世之道，也大有用处。"

她这番话，菊治不知不觉倒也听了进去，认为有点道理。

千花子从和服腰带里抽出一把扇子。

"一个人要太像个男人，或太像个女人，就学不来这种有用的处世之道。"

"是吗？那么这种处世之道，就该是男不男女不女的喽？"

"别奚落人，好吗？要能变得男不男女不女的，倒正好能把男人和女人的心思一齐看透。你想过没有？太田太太娘儿俩相依为命。她居然舍得丢下女儿，自蹈死路！依我看，她说不定别有用意，以为她死了，你可以替她照顾女儿……"

"什么话！"

"我细细琢磨了一番，恍然解开这个疑团。我总觉得，她是拿死来毁掉你这次亲事。她的死，非同寻常，必有道理。"

"是你自己胡思乱想罢了。"

菊治一面这样说，一面感到千花子的胡言乱语真是刺心。

仿佛是电光一闪。

"菊治，你是不是把稻村小姐的事告诉过太田太太？"

菊治记了起来，但又装作不知。

"打电话告诉太田太太，说我的婚事已经定了的，不是你吗？"

"是的，我告诉过她。叫她别捣乱。就在那天晚上，她死了。"

顿时默然。

"可是，我打电话，你怎么知道呢？是她来向你哭诉的吧？"

菊治冷不防挨了一下。

"是不是？怪不得她在电话里就'哎呀'叫了一声呐。"

"这么说，不等于你害了她吗？"

"你以为这么想，就可以脱掉干系，轻松自如了是吧？反正我也演惯反派了。你父亲就是这样，用得着的时候，便叫我替他做恶人，对他用处大着呢。倒并不是为了报答他，今儿我就再来演一回反派。"

在菊治听来，千花子似乎是把那根深蒂固的嫉妒和憎恶一吐为快。

"算啦，这些个内幕，就佯作不知吧……"

千花子仿佛在谛视自己的鼻子尖似的，接下去说道：

"你要是讨厌我，以为我多管闲事，尽管皱眉头好了……总有一天，我要把这个狐狸精赶跑，帮你缔结良缘。"

"缔结良缘这类话，请你不要再提，行不行？"

"行，行。我也不愿把太田太太的事搅进来。"

千花子把声音放柔和地说：

"当然，太田太太也算不上是坏人……自己死了，不言不语的，便把闺女许给你，这不过是她的痴心妄想，所以……"

"又胡说八道开了！"

"就是这么回事嘛。她在世的时候，你真以为，她从来都没想过要把闺女嫁给你吗？要真这样以为，你也太糊涂了。她那个人，不管睡着醒着，只顾想你父亲，像着了魔似的，要说是痴情，倒也真是痴情。糊里糊涂的，把闺女也给卷了进来，末了，连命都搭上了……在旁人看来，不是恶报，就是天谴。简直是天网恢恢。"

　　说到这里，菊治和千花子彼此面面相觑。

　　千花子把两只小眼睛向上翻起，那目光定定然直瞧着菊治，菊治只得侧过脸去。

　　菊治之所以畏首畏尾，让千花子絮絮不休说道半天，是因为原本自己就有弱点，尤其因为千花子的奇谈怪论使他怔住了。

　　死去的太田夫人，果真想叫女儿文子跟菊治订终身吗？菊治连想都没想过，也不信这话。

　　恐怕又是千花子在发妒火吧？

　　正像千花子胸脯上长的那块令人嫌恶的黑痣一样，也许是一种瞎猜疑？

然而，这番奇谈怪论，在菊治听来，不啻是一道闪电。

菊治感到十分惶恐。

难道自己真的就没有抱过这种希望吗？

母亲亡故之后，移情于女儿，这在世上并不是没有先例。可是，当一个人还恋恋于母亲的拥抱，却又不知不觉倾心于其女儿，竟至自己都未察觉，岂不真是入了魔障？

现在想来，自从与太田夫人相会以来，他觉得自己的性格全变了。

总好像麻木了一样。

"太田小姐来了。她说，要是有客人，就改天再来……"

女佣进来通报。

"唉呀。她回去了吗？"

菊治起身走了出去。

二

"方才太失礼了……"文子伸着白净而修长的脖颈，抬头望着菊治。

从喉咙连接前胸的凹陷处，蒙着一层淡黄的阴影。

不知是光线的缘故，抑或是形容的憔悴，看到那淡淡的阴影，菊治顿感安然。

"是栗本来了。"

菊治直言以告。出来的时候虽有些拘谨，但一见到文子，反而轻松起来。

文子点点头说：

"我瞧见师傅的阳伞了……"

"哦，是这把伞吗？"

一把长柄灰伞在门口靠墙竖着。

"要不然，请你先上厢房那儿的茶室待一会儿？栗本那老婆子就要回去的。"

菊治嘴上说着，心里不免埋怨自己，明知文

子要来，为什么没把千花子打发走呢？

"我倒没什么……"

"是吗？那么请。"

文子仿佛对千花子的敌意茫无所知，进客厅时，还向她寒暄致意。

同时，对她来给母亲吊丧，也道谢了一番。

千花子像授徒传艺时的样子，耸起左肩，挺着胸脯说：

"你妈也是位性气平和的好心人，在这好人活不下去的世道里，她像最后一朵花似的凋谢了。"

"我妈可没那么好。"

"撇下你一个人，你妈心里准牵挂得很。"

文子垂下目光。

微微翘起的下唇，抿得紧紧的。

"一个人也怪冷清的，不如来学学茶道……"

"哦，我已经……"

"可以解解闷儿。"

"我不够资格。"

"瞧你说的。"

千花子把叠放在腿上的手左右一分，说道：

"其实呀，我是看这黄梅天快完了，想来给他们家茶室通通风，所以，今儿个才来的。"

说完，睃了菊治一眼。

"正好文子小姐也来了，你看行不行？"

"什么？"

"让我用用你妈的纪念品，那个志野水罐……"

文子抬头看了看千花子。

"也好借此说说你妈的往事。"

"要是在茶室里哭了起来，那多不好。"

"嗨，那就哭呗。怕什么的。赶明儿菊治少爷娶了亲，这茶室也就不能随便来了，尽管这儿的茶室是值得我回忆的地方……"

千花子笑了笑，然后敛容正色道：

"我是指跟稻村小姐的亲事，要是成了

的话。”

文子点点头，不露一点声色。

可是，和母亲相似的小圆脸上，看得出憔悴的颜色。

菊治说：

“提这些没成的事，不是难为人吗？”

“我说的就是‘要是成了的话’。”

千花子把菊治顶了回去，又说：

“好事总是多磨。事情没成之前，文子小姐权当没听见这话吧。”

“哎。”

文子又点了点头。

千花子招呼女佣，自己起身打扫茶室去了。

“这儿的树荫，叶子还湿着呐，当心点呀。”

院子里传来千花子的声音。

三

"早上的电话里，差不多听得见这儿的雨声吧？"

菊治说。

"电话里也能听见雨声吗？我倒没留意。这儿院子里的雨声，电话里也能听见？"

文子朝院子望去。

隔着树丛，传来千花子打扫茶室的声音。

菊治也望着院子说：

"你那边的下雨声，电话里听不听得见，我也不记得了，可是过后，却有种感觉。刚才风雨骤至，声势真大呀。"

"可不。那雷声才怕人呢……"

"对了，对了，电话里你也说过。"

"连这些无聊的小事，我都像我妈。小时候，每次打雷，我妈就用和服袖子蒙住我的头。夏天，要是上街去，我妈常说，今儿个会不会打雷，总要先看看天色。即使到了现在，只要一打雷，我就吓得甚至拿袖子捂住脸。"

文子说着，从肩膀到胸口，隐约露出一股娇羞之态。

"那只志野茶盅，我带来了。"

说着便站起身走了出去。

回到客厅里，她把原封包好的茶盅放到菊治的膝前。

见菊治还在游移，便把包拉到自己面前，从盒里取出茶盅。

"那只乐家直筒碗，你妈好像也当茶杯用的，是了入烧的瓷吧？"菊治问。

"是的。可她说，不管黑乐还是赤乐，那两只碗跟粗茶或是煮的茶颜色不配，所以她常用这只志野小茶盅。"

"不错，黑乐显不出粗茶的颜色……"

看到菊治仍旧无意把摆在面前的志野直筒茶盅拿起展玩，文子便提起话头：

"这虽然不是什么上好的志野陶……"

"哪里。"

可是，菊治终究觉得不好贸贸然就伸手去碰。

正像早晨文子说的，这只志野陶的白釉上，隐隐地带点红。仔细打量之下，那红色仿佛能从白釉中渗出来似的。

并且，碗口上略微带点浅茶色，有一处，浅茶色看似更浓一些。

那儿该是唇吻的地方吧？

看来好像是沾的茶锈。也许是嘴唇碰脏的缘故。

再一看，那浅茶色中仍旧透出一丝红意。

今晨文子在电话里也说到过，这难道真是她母亲的口红染在上面的？

经他这一琢磨，再看釉上的纹路，确是显出茶、红两色来。

那色调好似褪色的口红，又像萎蔫的玫瑰红——同时也像沾在什么东西上的血渍发了旧一

134

样。想到这里，菊治心里好不奇怪。

他既感到龌龊，觉得恶心，同时又感到一种诱惑，心驰神往。茶碗面上，黑里透青，画了几枚宽叶草。叶子中间，透出一丝锈红色。

那些草，画得纯朴刚健，仿佛要唤醒菊治那病态的官能。

碗的形状，端庄凝重。

"相当好哇。"

说着，菊治便伸手拿了起来。

"我不大懂陶器，可是我妈喜欢，拿来当茶杯用。"

"给女人当茶杯用，倒是蛮合适的。"

菊治从自己的话里，又一次活灵活现地感知文子母亲这个女人。尽管如此，沾上乃母口红的这只志野茶盅，文子为什么要拿来给他看呢？

是天真？抑或是迟钝？菊治简直弄不明白。

只不过，文子那种毫无抵牾的情绪，好像也

传给了他。

菊治一面把茶盅放在腿上转来转去地看着，一面尽量避免手指挨到嘴唇碰过的那块地方。

"请收起来吧。要是叫栗本那老婆子看见，又该噜苏讨厌了。"

"好吧。"

文子把茶盅放进盒里，重新包好。

她带来是打算送给菊治的，似乎没有机会表示。也许是怕菊治不中意这东西。

文子站起来，把包又放回门口去了。

千花子弯着身子从院子里走了上来。

"把太田家的那个水罐拿出来呀？"

"就用我们家的好不好？太田小姐现又在这儿……"

"瞧你这话说的，不就因为文子小姐在这儿，才用一用吗？我们正要借志野陶这件遗物，来谈谈她妈的往事嘛。"

"你不是恨太田太太吗？"菊治说。

"我恨她干什么？我们不过是脾气合不来罢了。再说，人死了，要恨也没法儿恨了。不过，就因为脾气合不来，对她才无从了解，另外一方面，有些地方，也把她给看透了。"

"把人看透，好像成了你的癖性。"

"能不叫我看透才好呢。"

这时，文子从走廊上过来，靠门边坐下。

千花子耸起左肩，回过头来说：

"我说，文子小姐，咱们用用你妈的志野水罐，行吗？"

"哎，请用吧。"

文子回答。

菊治把刚刚放进壁橱里的志野水罐又拿出来。

千花子嗖地将扇子往腰带里一插，捧着水罐到茶室去了。

菊治也走到门边，问道：

"今早晨在电话里，听说你搬走了，我都一

愣。房子这些事，都是你一个人办的？"

"当然。不过，是熟人买下的，所以也还不算麻烦。那位熟人暂住在大矶，听说房子很小，提出可以和我对换。可是，不管房子多小，我一个人也不能住在那儿呀。而且，要上班的话，还是租房子便当。这样，我暂时就搬到朋友家去了。"

"工作定了吗？"

"没有。真要找事做，也不那么容易。我又身无一技之长……"

文子转而含笑说：

"我本来打算，等事情定了，再来拜访。要不然我无家无业，漂泊无着，在这种情况下来看您，岂不可悲？"

菊治本来想说，在这种情况下更好，但是，文子那表情，原以为孤苦伶仃的，现在看上去倒也并不显得凄凉。

"这座房子，我也想卖掉，可是一直拖拖拉拉的。因为心里总惦着要脱手，结果落水管要修的也没修，席子也坏成这样，面子都没换一换。"

"您不是要在这房里结婚吗？等那时候再……"

文子开门见山地说。

菊治盯着文子的脸说：

"你是指栗本的话吗？你想想，我现在能结婚吗？"

"是为了我妈的事吗？她既然叫您这么伤心，她的事，我看就让它过去算了……"

四

茶道这一套，对千花子真是驾轻就熟了，所以，茶室很快就准备停当。

"跟水罐这么配，你看好不好？"

千花子问菊治，菊治也不懂。

见菊治没回答，文子也就没作声。两个人都盯着志野水罐。

本来在太田夫人灵位前，权当花瓶用的，今

139

天，又恢复其本色，作水罐来用了。

这曾经是太田夫人手上的东西，现在却任由千花子摆弄。太田夫人死后，传到女儿文子手里，再由文子转给菊治。

这水罐的际遇真是不可思议，也许所有茶具大抵如此。

早在太田夫人之前，这只水罐自制作出来以后，历三四百年，迭相传承，几易其主，这些主人的命运究竟如何呢？

"这只志野水罐，放到茶炉或茶釜这类铁器旁边，看着越发像个美人儿了。"

菊治对文子说：

"而且，它那遒劲的姿致，绝不亚于铁器。"

这件志野陶，白釉里透着润泽，闪出光华。

菊治在电话里，曾告诉文子说，看见这件志野水罐，便切望一睹芳容。但是，她母亲那白皙的肌肤里，难道也深蕴着女性的强毅吗？

因为天热，菊治把茶室的纸格子门拉了开来。

文子身后的窗外，枫树一片青翠。枫叶茂密，投下的影子，正落在文子的秀发上。

文子那略长的颈项，上部正映照着从窗子射进来的亮光；短袖衣衫，仿佛初次上身，手臂看着有点白里透青。人不显太胖，却肩膀丰腴，手臂滚圆。

千花子也在瞅着水罐。

"水罐要是不用在茶道上，就显不出灵气。仅仅插几枝西洋花，简直是糟蹋东西。"

"我妈那时也插花来着。"

文子说。

"你妈留下来的水罐，居然跑到这儿来，真跟做梦似的，叫人意想不到。不过，你妈在天之灵，也一定会挺高兴的。"

千花子话中带刺，想挖苦她几句。

可是，文子却若无其事地说：

"一来，这个水罐我妈当过花瓶用；二来，

茶道我也不想学了。"

"你千万别这么说。"

千花子环视茶室，又说：

"能在这儿坐着，心里再踏实不过了。虽说我到处都跑遍了。"

接着，又看着菊治说：

"明年是你父亲五周年忌辰，等到忌日那天，办一次茶会吧。"

"行啊。把所有冒牌茶具全摆出来，再请些客人来，倒也痛快。"

"你这话从何说起？你父亲的茶具里，就没有一件假货。"

"是吗？不过，要是全都是假货，那个茶会准会有趣得多。"

菊治又对文子说：

"这间茶室里，我总觉得有股难闻的霉味，好像充满毒气似的，要是开个茶会，用清一色的冒牌茶具，说不定能冲冲这股毒气。就算是追荐先父，追荐过后，与茶道一刀两断。虽然我早就跟茶道绝了缘……"

"你言下之意，我这老婆子怪讨厌的，老来你们茶室待着，是不是？"

千花子急速地搅着茶刷。

"就算是吧。"

"不许你这么胡说。不过，要结新缘，旧缘断了倒也好。"

千花子示意茶已经得了，把茶放到菊治面前。

"文子小姐，听了菊治少爷的气话，你妈的这件遗物，似乎找错了归宿。我一看见这只志野罐，就觉得你妈的面孔好像映在那上面似的。"

菊治喝完茶，放下碗，转而又看起水罐来。

也许是千花子的身影，正映在那黑漆的盖子上。

文子坐在一旁发怔。

菊治无从知道，文子究竟是尽量不去触犯千

花子呢，抑或根本就没把她放在眼里？

文子的神色没有不高兴的表示，跟千花子并坐在茶室里，也真是怪事。

千花子提到菊治的亲事，文子也没有显出不快的样子。

千花子历来就恨文子母女，句句话都在羞辱文子，可是文子了无反应。

难道文子因为深自悲哀，便什么都淡然处之，全不计较了吗？

还是因为母亲去世的打击使她超乎这一切之上了呢？

要不然便是乃母的禀性传给了她，一向俯仰随人，是个纯洁无邪的少女？

然而，菊治任千花子一味憎恶侮慢文子，尽量不显出有意袒护文子。

但当他发觉这情形后，心里不禁想：倒是自己有点古怪呢。

而且，他看着千花子点好最后一杯茶，举杯

自饮的样子，也觉得好不奇怪。

千花子从腰带里掏出表来，看了一眼说：

"这种小表，老眼昏花，看起来真吃力……把你父亲的怀表送给我好吗？"

"他哪里来的怀表？"

菊治把她顶了回去。

"有的嘛。他常带在身上。上文子小姐家的时候，不是也带过吗？"

千花子故作吃惊地说。

文子垂下目光。

"是两点十分吗？两根针挨在一起，看着模模糊糊的。"

千花子又恢复她那勤快的劲道。

"稻村家的小姐给我招来一伙人，今儿个下午三点钟要学茶道。去她家之前，先到你这儿来一下，想讨个回话，心里好有个底儿。"

"那你就直截了当，向稻村家给我回掉吧。"

听菊治这么说，千花子便随口敷衍：

"好，好，咱就直截了当……"笑着掩饰了过去。

"真想让那伙人早一天到这间茶室来学茶道。"

"好办，就请稻村家把这座房子买下好了。反正我最近就打算卖掉。"

"文子小姐，咱们一道走吧？"

千花子没去理会菊治，冲着文子说。

"好的。"

"那我就赶紧把这儿收拾收拾。"

"我来帮您收拾。"

"你帮我？"

可是，千花子不等文子，径自朝水房匆忙走去。

传来哗哗的水声。

"文子小姐，我看算了吧，甭跟她一道回去。"

菊治放低声音说。

文子摇摇头:

"我怕她。"

"有什么好怕的。"

"我真怕她。"

"那么,你就跟她走一段,然后再甩开她。"

文子仍旧摇摇头,站起身来,把腿弯那里的皱褶拉拉平。

菊治险些从下面伸过手去。

他以为文子摇摇晃晃会倒下来,弄得文子满脸通红。

方才千花子提到怀表的事,把她羞得连眼角都红了,现在则是满脸飞红,如一朵盛开的红花。

文子抱起志野水罐朝水房走去。

"哟,敢情你倒只管把你妈的东西拿了来?"

从里面传来千花子沙哑的声音。

双重星

一

栗本千花子到菊治家来说，文子和稻村小姐都已经结婚了。

夏天傍晚八点半的时分，天色还亮。菊治吃过晚饭，躺在廊子上，瞧着女佣买来的萤火虫笼子。萤火清白的光，不知什么工夫，已幻成橙黄色，这时，天也暗了下来。可是，菊治仍旧懒得起来点灯。

菊治向公司请了四五天假，到野尻湖——朋友的别墅那儿去避暑，今天刚回来。

朋友已经结婚，而且有了孩子。菊治对婴儿

毫无经验，生下来有多久，究竟长得大还是小，一点也看不出，不知该说些什么才好，只得说上一句：

"这孩子发育得很不错嘛。"

"哪儿呀，生下来才小得可怜呐。最近总算长了点个儿。"

朋友的妻子回答说。

菊治在婴儿眼前晃晃手说：

"还不会眨眼睛呢。"

"东西倒能看见，眨眼睛还得过些日子。"

菊治以为婴儿有好几个月大了，其实才刚一百天。难怪那年轻的妻子头发稀疏、脸色青黄，显然还带着产后的憔悴。

朋友夫妇的生活，一切以婴儿为中心，只管看顾婴儿，菊治觉得自己实在多余。但是，当他乘上回家的火车，朋友妻子那瘦弱的身影始终萦绕在他脑际，久久不能离去。她看来很老实，面容憔悴，毫无生气，只是呆呆地抱着婴儿。朋友本来和父母兄弟住在一起，这头一个孩子生后不久，便暂时住到湖畔的别墅里。朋友的妻子恐怕过惯了这种小两口生活，过分闲适泰然，竟至有些发呆。

菊治回到家里，躺在廊子上，仍在寻思朋友妻子那副模样，而这种怀念之情，圣洁之中带点悲凉的意味。

正在这时，千花子来了。

她冒冒失失地走进屋子说：

"哎哟！怎么摸黑躺在这儿呀？"

于是便坐在菊治脚边的廊子上。

"单身汉真怪可怜的。躺在这儿，连个灯都没人给点。"

菊治蜷起腿来，待了一会儿，又不大高兴地坐了起来。

"甭见外，只管躺着好了。"

千花子右手做了个手势，让菊治躺下去。然后，又郑重其事地寒暄了一通。说她去了趟京都，回来时还顺便在箱根停了停。在京都她师傅家，遇到茶具店的大泉老板。

"我们好久没见面了，便跟他聊起你父亲的事，真说了个痛快。他说要告诉我你父亲外出幽会的那家旅馆，便把我带去看木屋町的一家小旅馆。那里，你父亲大概同太田太太去的吧。大泉老板还叫我住在那儿。这人真没脑子。一想到你父亲跟太田太太两个全作古了，不论我胆多大，睡到半夜里，没准也会害怕起来，你说是不是？"

菊治没有作声，心里想：你千花子说这些，才真的没脑子呢。

"你也到野尻湖去了一趟吧？"

千花子是明知故问。一进门，就问过女佣，而且，不经通报，便闯了进来，她历来就是这种作风。

"我刚回来。"

菊治回答的口气显得老大不高兴。

"我回来了三四天了。"

说着，千花子又煞有介事，耸起左肩说：

"可是，回来一看，出了件事，真叫人遗憾。开头我大吃一惊。都怪我太大意，简直没脸来见你。"

据千花子说，稻村家的小姐已经结婚了。

菊治也吃了一惊，幸好廊子上很暗，看不清表情。他曼声应了一句：

"是吗？几时？"

"你倒满不在乎，像没事人似的。"

千花子挖苦说。

"本来嘛，雪子小姐的事，我不是向你回绝过几次了吗？"

"那也是口头上说说罢咧。恐怕是对我，才摆出这副面孔来。什么一开头就不情愿啦，偏是我这多嘴多舌的老婆子，好管闲事，纠缠不休，招人讨厌。你心里却在想，这小姐倒挺不错的，是不是？"

"你胡说些什么！"

菊治忍不住笑了出来。

"那小姐你挺中意的吧？"

"小姐人倒的确不错。"

"你的心思，我早就看透了。"

"说小姐好，不一定就想到结婚呀。"

然而，听说稻村小姐已然结了婚，菊治心里立时一阵翻腾，渴望回忆起小姐的面影来。

菊治只见过雪子两面。

在圆觉寺的茶会上，千花子为了让菊治端详雪子，特意叫她点茶。

雪子点茶，手法朴素，流品高雅，新叶的影子映在纸格子门上，她穿一身长袖和服，肩膀和衣袖，甚至连头发，辉映之下，都显得光亮起来，这印象都还珍藏在菊治心底。可是，雪子的容貌，菊治却怎么都记不起来。当时她用的小红茶巾，以及去寺庙后院茶室的路上，手上拿着的那只印着千只白鹤的桃红绉绸包袱，等等，此刻又全都鲜明地兜上他的意识。

后来一次，雪子到菊治家的那天，是千花子点的茶。直到第二天，菊治还觉得茶室里小姐的余香依然。她身上那条绘有石菖蒲花的腰带，历历如在目前，只是小姐的身姿，却难以把握。

就说故世才三四年的父母，菊治连他们的面貌也都记不大清。一看到照片，才若有所悟，连连点头。也许越是亲越是爱的人，就越是记不住；而越是丑类恶物，越是牢记不忘。

雪子的眼神和面颊，光艳照人，在菊治的记忆里却是抽象的。可是，千花子长在乳房和心窝间的那块痣，却像癞蛤蟆一样，记忆之中十分真切。

此刻廊子上虽则很暗，菊治也知道，千花子大概穿的是那件白麻绉的和服长衬衣。她胸口上的那块痣，即便在亮处，也不会透过衣服看出的，但是，在菊治脑海中，却看得很分明。唯其因为暗得看不见，倒反能看得见似的。

"既然觉得小姐好，就不该错过机会呀。要

知道稻村雪子，这世上就只这么一个。你哪怕找上一辈子，也甭想再找到第二个。这么简单的道理，还不明白？"

于是，千花子数落起菊治来：

"你经事不多，眼界倒挺高。这一来可好，把你和雪子小姐两人的命运，全给改变了。人家小姐本来对你挺有意思，现在嫁给别人，万一不幸，可不能说你没责任。"

菊治没有吭声。

"小姐的模样，你总归仔细看过了吧？难道你就忍心，让她以后悔不当初早几年没嫁给你，心里老想念你吗？"

千花子的语调，有点刻毒。

倘若雪子已经结婚，千花子何苦跑来说这些废话呢？

"这是萤火虫笼子吗？现在还有这个？"

千花子伸过头去说：

"转眼又到挂秋虫笼子的季节了。这早晚还

有萤火虫？看着像鬼火似的。"

"大概是女佣买来的。"

"女佣那就难怪了。你要是学学茶道，就不会这样啦。在日本，做什么事，都要讲个季节。"

经千花子这么一说，萤火虫看着倒真像鬼火似的。菊治想起野尻湖畔，秋虫唧唧。这些萤火虫能活到今天，真是不可思议。

"要是有了太太，你准不会这么冷冷清清，什么事都脱了班过了时。"

说着，千花子忽作恳切状，低声说：

"我给你介绍稻村小姐，也是替你父亲出力呀。"

"出力？"

"是啊。你只顾躺在这暗处，瞧着萤火虫出神，这不，连太田家的文子小姐也出嫁了。"

"几时？"

菊治心里老大吃惊，比方才听到雪子结婚还要意外，就像给人绊了一跤似的，甚至都来不及掩饰他的惊愕。千花子或许也看出了菊治这种狐疑的神情。

"我也是，从京都回来一看，简直都愣住了。两个人就像约好了一样，一下子全出嫁了，年轻人做事，就这么轻率。"

千花子又往下说：

"我还以为，既然文子小姐嫁了人，就没人再来作梗了，不料稻村小姐这时也出阁了。稻村家那方面，弄得我也丢尽了脸，全怪你优柔寡断。"

然而，文子结婚的事，菊治仍旧不大相信。

"太田太太一直到死，都在跟你捣乱，现在，文子这一结婚，她的妖气在这个家里就该散掉了吧！"

千花子把目光转向院子。

"这样倒也痛快，一了百了。你该把院里的树木修整修整了。即使这么暗，不看也知道，树叶长得太密太乱，阴乎乎的，闷死人了。"

父亲死了四年，菊治从没叫花匠来修剪过。的确，院里的树木恣意疯长，白天的余热，这时散发出来，光凭感觉也能知道。

"女佣恐怕连水也不浇吧？这些事，你可以吩咐她做嘛。"

"甭来多管闲事。"

千花子的话，句句都会教菊治皱眉头，可是，他仍旧任其说东道西。每次见到千花子，都是这么个形景。

虽说千花子的话令人生厌，她却是想讨好菊治的，同时也想试探试探他的意向。她这套伎俩，菊治早就习以为常了。有时，他嘴上反唇相讥，暗中也不无提防。千花子自然也心里透亮，可大抵装聋作哑，偶尔露点颜色，借以表示心中有数。

她的话虽然讨厌，可很少有菊治未曾想过的。而且她专爱挑使菊治厌恶自己、内心嘀咕的一些事，来触他霉头。

今晚，千花子跑来告诉他，雪子和文子都出

嫁了，大概就想窥探一下菊治的反应。她究竟是什么用意呢？菊治不敢掉以轻心。千花子本来想把雪子介绍给菊治，使他以此疏远文子，现在两位小姐既已另结良缘，剩下菊治作何感想，也不关她的事，可她还总是盯住菊治，想摸清底细。

菊治很想起来去开客厅和廊子上的电灯。这样摸黑跟千花子说话，想想怪不合适的。论交情，他们也没亲密到这种程度。她虽然连整理院里树木这种事也插嘴要管，这是她的脾气，菊治根本没当回事；可是，仅仅为了开一下灯，他又有点懒得起来。

千花子刚才一进屋只管嚷嚷叫黑，却也不想动弹。按她的脾气，对这类事一向很勤快，这也是职业使然。但是眼下，她似乎挺不愿替菊治出什么力。也许是因为年纪不饶人，要不就是当了茶道师傅，爱摆点架子的缘故。

"京都大泉老板托我带个口信。他说，万一你这儿有茶具要出手，希望能授权给他来处理。"

接着，千花子沉稳地说："稻村小姐这桩事也给逃掉了，你该振作一下，改弦易辙，换一种新生活。说不定这些茶具便没什么用了。虽然打你父亲那时起，就用不着我了，我也挺寒心的，可是，你们家的茶室，倒是只有我来了，才打开门窗通通风，是不是？"

啊哈，原来如此！菊治这才回过味来。

千花子的目的十分露骨。她大概见菊治和雪子结不成婚，便死了心，于是，就跟茶具店的老板勾结起来，想挖走菊治家的茶具。准是在京都和大泉老板合计好了来的。

菊治与其说是生气，倒不如说松快了起来。

"我正打算连房子都卖掉呢，到时候或许要借重他。"

"毕竟是你父辈的熟人，靠得住，不管什么事，你尽可以放心。"千花子又加上一句。

菊治心里想：家里的茶具，千花子可能比自

己还清楚。说不定她早就盘算过了。

菊治朝茶室那边望过去。茶室前那棵大夹竹桃，开满白花，远看只是朦胧一片白。夜色深沉，天树之分，已难于辨别了。

二

临下班，菊治刚要走出办公室，又被电话叫了回去。

"我是文子。"

电话里声音很小。

"喂，我是三谷……"

"我是文子。"

"嗯，知道。"

"真对不起，打电话麻烦您，可是，这件事要不打电话向您道歉，就晚了。"

"哦？"

"昨天我给您寄了一封信，好像忘记贴邮票了。"

“是吗？我还没收到——”

“我在邮局买了十张邮票，信发出后，回家一看，整整还是十张。真是糊涂。我一直寻思，怎么才能在信到之前，向您表示歉意……”

“这点小事，不必介意……”

菊治一面答话，一面在想：这封信难道是通知她结婚的事吗？

“是报喜的信吗？”

“您说什么？一向都是打电话的，给您写信，这还是头一回，当时挺犹豫要不要寄出去，结果把邮票给忘贴了。”

“你现在在哪儿？”

“是公用电话，在东京站……外面还有人在等着打电话呢。”

“是公用电话？”

菊治不懂她为什么要打公用电话，却还是说了一句：

“恭喜你啦。”

"什么呀……那是托您的福，好不容易……可是，您怎么知道的？"

"是栗本告诉我的。"

"栗本师傅？她怎么知道的？真是神通广大，这个人！"

"反正你也不会再见到她了。上一次，电话里还听到下阵雨的声音，是不？"

"嗯，您那么说过。那次也是，我搬到朋友家住，不知要不要通知您，一直拿不定主意。这次又是这样。"

"还是告诉我的好。我也是听栗本说了，正犹疑该不该给你道喜。"

"要真是从此各自东西的话，就太说不过去了。"

她的声音低到欲无，很像她母亲。

菊治顿时语塞。

"也许我该销声匿迹……"

文子隔了一会又说：

"那间房间有六张席大小，也不算太干净，是跟工作同时找到的。"

"唔？"

"大热天出来上班，够我累的。"

"可不是，再说又刚结了婚。"

"什么？结婚？您说的是结婚？"

"恭喜，恭喜。"

"怎么？我结婚……？真讨厌！"

"你结婚了吧？"

"您说的什么呀？我结婚……？"

"你不是结婚了吗？"

"哪儿呀。我现在还有心思结婚吗？我妈刚那样去世没多久……"

"唔。"

"是栗本师傅说的吗？"

"是呀。"

"那是为什么呢？真不懂。您听了之后，就信以为真了？"

文子好像在对自己说话似的。

菊治忽然声音清朗地说：

"电话里说不清，见一下面好不？"

"好吧。"

"我到东京站来，你就在那儿等我吧。"

"可是……"

"要不，就在别处碰头也好。"

"我 不 愿 在 外 面 跟 人 约 会，还 是 我 去 府
上吧。"

"那么，我们一起回去吧。"

"一起回去，不又等于约会了吗？"

"要不要先上我公司来？"

"不。我一个人直接去。"

"好吧。我也马上回去。要是你先到，就请
进屋坐吧。"

文子从东京站乘电车，可能会比菊治早到。
但是，菊治总觉得能和她乘在一辆车上，所以在
车站上一边走，一边在人群里寻她。

结果还是文子先到家。

听女佣说，文子在院子里，菊治便从大门旁边走进院子。文子正坐在白夹竹桃树荫下的一块石头上。

打千花子来过之后，四五天来，女佣天天趁菊治回家之前把花木浇好。院子里的那个旧水龙头还能用。

文子坐着的那块石头，底部看上去还湿乎乎的。倘若那株盛开的夹竹桃，绿叶茂密，衬着红花，就会像是炎夏的花木，可是，开的是白花，便显得十分凉爽。朵朵鲜花轻轻款摆，笼罩着文子的身影。恰巧她穿的是一件白布上衣，翻领和袋口都用蓝布滚上一道细边。

夕阳从文子身后的夹竹桃，一直照到菊治的面前。

"你来了。"菊治亲切地走上前去。

文子在菊治说话之前，张口似要说什么，结果只说了句：

"方才电话里……"

说着，两肩一缩，转身站了起来。她大概以为要不这样，菊治就会走过来，说不定会来拉她的手。

"因为您电话里那么说，我才来的。来打消……"

"结婚的事吗？我听了都大吃一惊。"

"嫁给谁呢……？"

说罢，文子垂下目光。

"这倒没听说。反正，听说你结婚和听你说没结婚，两次都叫我很吃惊。"

"两次？"

"那可不是！"

菊治顺着石步，向屋子走去，说道：

"从这里上来吧。你方才可以进房等我嘛。"

说着，便在廊子上坐了下来。

"前几天我旅行刚回来，正躺在这里休息，栗本跑了来。是个晚上。"

这时，女佣在屋里招呼菊治。大概是他离开公司前，打电话叫的晚饭送来了。菊治起身走进去，顺便换了一件白色细麻纱衣服出来。

文子似乎也重新匀了一下脸。等菊治坐下，她便问道：

"栗本师傅她怎么说？"

"她只告诉我，听说文子小姐也结婚了……"

"您就当真了吗？"

"我没想到她会撒这个谎……"

"一点都不疑心？"

文子那双漆黑的眸子，转眼之间湿润起来。

"我现在能结婚吗？您想想看，我能那么做吗？妈和我吃了那么多苦，伤透了心，到现在还余痛在心……"

在菊治听来，仿佛她母亲还没有离开人世似的。

"妈和我生性轻信，相信人家总会了解我们的。难道这是梦想不成？这种事，只有自己知道……”

文子止不住掩泣起来。

菊治沉默有顷，说：

“你以为我现在能结婚吗？上次我对你说过，就是下阵雨那天……”

“打雷那天吗？”

“是的。今天倒反过来由你说了。”

“不对，那是……”

“你不也常常说我，快结婚了吧？”

“哪儿呀，您跟我可完全不同。”

文子眼泪汪汪，瞧着菊治说。

“您跟我不一样。”

“怎么不一样？”

“身份也不同……”

“身份？”

“是啊，身份不同，如果‘身份’这词儿不恰当，那么，能不能说，是身世不光彩？”

“就说是罪孽深重吧……那恐怕是我吧？”

"不！"

文子使劲摇了摇头，泪水夺眶而出。有一滴眼泪竟顺左眼角流到耳边。

"要说罪孽，早叫我妈背着带进坟墓去了。不过，我倒不认为是罪孽。那只是我妈的悲哀。"

菊治低头不语。

"罪孽也许不会消失，但悲哀是会过去的。"

"然而，如果说成是你身世不光彩，岂不是令堂的死也显得不那么光明磊落了吗？"

"那么，还是说成悲哀之深切的好。"

"悲哀之深切……"

菊治想说，也是因为爱得深切——但没有说出口来。

"除了这些，你又在和雪子小姐议婚，这也跟我不一样呀。"

文子似乎把话题拉了回来，接着说道：

"栗本师傅一直认为，是我妈碍了你们的事。她说我结婚了，是因为把我也看成是绊脚石。我看只能这么认为。"

"可是她说，稻村小姐也结婚了。"

文子顿时神情沮丧，却又说：

"骗人……她骗人！她一定又在骗人！"

接着又用力摇了摇头问道：

"那是几时的事？"

"稻村小姐结婚吗？大概是最近的事吧？"

"她一定又在说谎。"

"她告诉我，你们两个全结婚了，我更相信你或许真的结婚了。"菊治低声说着，"不过，雪子小姐倒真有可能结婚……"

"她胡说！哪有大热天结婚的。单穿薄薄一层衣裳，还汗流浃背呐。"

"这倒是。不过，难道夏天就没人举行婚礼吗？"

"嗯，差不多……当然，也不是绝对没有，一般婚礼总拖到秋天，或是别的时候……"

不知因缘何事，文子眼里又重新涌出泪水，滴落到腿上，她凝眸望着泪痕。

"可是，栗本师傅说这种谎，究竟为什么呢？"

"还真叫她骗着了。"

菊治也说。

然而，这件事为什么偏偏会勾出文子的眼泪呢？

至少，说文子结婚，现在已经证实是谎话。

至于雪子，也许当真结婚了，而千花子为了让菊治疏远文子，便连带说文子也结婚了。这种怀疑又兜上菊治的心头。

他心里总不大信服，甚至觉得，雪子结婚似乎也是子虚乌有的事。

"总之，在弄清雪子小姐结婚的事究竟是真是假之前，无法知道栗本是不是在恶作剧。"

"恶作剧？"

"就当她是恶作剧好了。"

"可是，今儿个我要不打电话，还不叫人以为结婚了吗？这个恶作剧，可太过分了点儿。"

女佣又来叫菊治。

不大会儿，菊治拿了一封信，从里面走出来。

"你那封信到了。没贴邮票……"

说着，菊治便神情轻松地想要拆信。

"别拆了。不必再看了……"

"为什么？"

"不愿叫你看嘛，还给我吧。"

说着，文子跪着蹭过去，想从菊治手里抢过信来。

"还给我嘛！"

菊治倏地把手藏在背后。

正在这工夫，文子的左手一下按在菊治的腿上，右手伸着想去夺信。两手动作一乱，身体几乎失去平衡。看来快要倒在菊治身上，她用左手向后一撑，右手仍伸前去够菊治身后的信。这时，她身子往右歪了一歪，险些倒向前去，一边脸快碰到菊治的腹部。可她竟一机灵，躲闪开了。连她按在菊治腿上的左手，也只是轻轻地碰一下而已。这样一双柔软的手，怎能撑得住那向右歪又往前倒的上半身呢？

菊治看到文子危岌岌要斜着倒下来的样子，顿时浑身紧张。却没料到她体态那么轻盈，差点儿失声叫了出来。他感到她是十足的女人，也不由得感觉出她的母亲——太田夫人。

文子是在什么工夫闪开的身子？又是在哪一瞬间露出娇柔无力的样子的呢？那简直是不胜温柔。似乎是女性本能的一种奥秘。菊治还以为文子会重重撞过来，谁知她只是挨近前来，好似一阵温馨的香气扑面而过。

那香气好芳冽啊！夏日里，从早到晚出门工作的妇女，身上的气味总是很浓的，菊治嗅到文子的气味，好像也嗅到了太田夫人的气味。仿佛就是与太田夫人拥抱时的气味。

"哎呀，你还我吧！"

菊治顺从地给了她。

"撕掉算了。"

文子转向一旁，把自己的信撕得粉碎。脖子和露出的手臂都汗津津的。

刚才文子怕倒下去，身子一闪，脸色发青，等她坐正以后，才慌得满面飞红，大概就在那时出的汗。

三

附近馆子叫来的晚饭都是千篇一律，毫无味道。

菊治面前摆着那只志野陶的直筒茶碗，是女佣照平时习惯，拿出来放在那里的。

菊治才刚发现，而文子一眼就看见了。

"哟，那只茶盅您都用上了？"

"嗯。"

"真糟糕。"

文子的声音，似乎还不像菊治那样难为情。

"送您这件东西，真有点后悔。这事，我那封信上还提了一笔呐。"

"说些什么？"

"也没什么，不过是表示一下歉意，送了这么一件微不足道的东西……"

"这可不是什么微不足道的东西。"

"并不是什么太好的志野陶，连我妈平时也一直当茶杯用。"

"这我不懂，不过，这件志野陶不是蛮好的吗？"

说着，菊治把直筒碗拿在手里打量。

"可是，比这更好的志野陶多得很呐。您用这只茶盅，就会想起别的茶碗来，会觉得别的志野陶更好……"

"我们家的志野陶里，好像没有这种小茶盅。"

"府上没有，别处能看到呀。所以，您用这只茶盅，要是想起别的碗来，觉得那种志野陶更好，妈和我都会伤心的。"

菊治喉咙里"哼"了一声，咽了口气，可嘴上却说：

"我跟茶道的缘分，差不多是断了，不会再看见什么茶碗了。"

"可是，难保您会在什么场合碰到呢。再说，好些的志野陶，以前也总该见到过呀！"

"照你这么说，送人只能送最好的东西喽？"

"本来嘛。"

说完，文子索性仰起脸来，眼睛盯住菊治说：

"我是这么认为。在信上我还请您把它摔碎扔掉了事。"

"摔碎？把这只碗？"

文子逼视菊治，菊治只好支支吾吾地说：

"这件是志野古窑烧的。大概有三四百年历史了。当初也许是酒席上的用具，既不是饭碗也不是茶杯。后来当小茶盅用，恐怕也年深月久了。所以，古人才这么珍重，传了下来。说不定还有人出门时，放在茶箱里，带到远处去过。这么一件东西，你怎么能由着性子，便摔了呢！"

而且，据说碗口上还染有文子母亲的口红。

听文子说，她母亲告诉过她，口红沾在碗口边，擦也擦不掉。菊治拿到这只志野碗后也发现，碗口上有一处显得略脏，洗刷不去。当然，那颜色并不像口红，是浅茶色的，隐约带点红，要说是口红褪了色，也未尝不可。但也可能是志野陶本身就隐隐发红。再说，当茶碗使，嘴唇挨到的，常是老地方，所以，说不定文子母亲前面的物主，嘴印还留在上面。不过，太田夫人平时一直当茶杯使，恐怕还是她用得最多。

菊治寻思过，当茶杯使，难道只是太田夫人自己的想法吗？会不会是他父亲出的主意，让夫人这么用用看呢?

他还疑心，了入的那对黑红圆筒形茶碗，太田夫人似乎就用来代替茶杯，当成跟菊治父亲共用的夫妻碗。

让她把志野陶水罐当作花瓶用来插玫瑰和石竹，拿志野陶的圆筒碗当作茶杯，等等，从这些情节看来，父亲恐怕把太田夫人看作是美的化身了吧?

他们两人去世以后，水罐和圆筒碗，都转到菊治手里，现在文子也来了。

"这倒不是我逞着性儿，真的，您摔掉吧。"

文子说。

"送您水罐时，看您欣然收下，便想起另外还有一件志野陶，就顺便送给您当茶杯用，可是，事后又觉得怪不好意思的。"

"这件志野陶，恐怕不该当茶杯用，否则太可惜了……"

"但是，好东西还多得很呐。要是您用了这

个，又惦着别的，那我会难过的。"

"你的意思是，只有最好的东西，才能送人，是吗？"

"那也要分谁，看什么场合。"

菊治心里极为感动。

难道文子的想法，是在太田夫人的遗物中，凡是能使菊治忆及夫人和文子，或者使他能更亲切地感知她们的东西，都堪成为珍品吗？

文子深自期许，只有那无上的精品，才够资格作她母亲的纪念品；她这意思，菊治想必也能领会。

那除了表明文子最高贵的感情，还能是什么呢？眼前这个水罐，便是明证。

志野陶那温馨冷艳的表面，使菊治联想到太田夫人的肌肤。可是，那上面却毫无罪孽的阴影和丑恶。难道因为水罐是珍品？

望着这高贵的遗物，菊治深感，太田夫人在脂粉队里是最高贵的妇女。而那无上的精品是没有一点瑕疵的。

下骤雨那天，菊治打电话给文子说，看到那水罐，便很想见她。因为是在电话里，他才敢这么说。因为听他这么讲，文子才说还有一件志野陶，于是便把这只圆筒碗给他送到家里来。

不错，这只圆筒碗大概不如水罐那么名贵。

"家父好像有一只出门用的茶具箱……"

菊治想了起来，说道：

"那里面的东西，准比这件志野陶要差。"

"是什么样的碗？"

"那我倒没看见过。"

"能叫我看看吗？一定是令尊的那个好。"

文子说。

"要是比令尊的那个差，这件志野陶就可以摔碎了吧？"

"很难说。"

饭后吃西瓜时，文子一面灵巧地剔瓜子，一面催促菊治，要看那只茶碗。

菊治吩咐女佣去打开茶室，然后走到院子里，打算去找茶具箱，可是文子也跟了来。

　　"究竟放在哪儿，我还不知道。栗本倒比我清楚……"

　　菊治转过头来说。那株夹竹桃白花吐艳，文子正站在盛开的花荫之下，只看到树根那里，露出她那双穿了袜子、套着木屐的脚。

　　茶具箱放在水房里的横搁板上。

　　菊治搬进茶室，放在文子面前。文子以为菊治会替她打开包，便端端正正坐等在那里，过了一会儿才伸出手去。

　　"那么我就打开了。"

　　"积了这么多灰尘。"

　　文子刚解开外面的包装，菊治便站起来，拎到廊子上，把灰尘掸到院子里。

　　"水房的架子上，有只死知了，都长了蛆了。"

　　"这间茶室倒挺干净。"

"是吗？前几天，栗本刚来打扫过。她那天来，就是为了告诉我，你和稻村小姐都结婚了。因为是晚上，可能连知了也给关进了屋里。"

文子从箱子里取出一个茶碗包，弯着腰，解碗袋上的带子，手指还微微发颤。

菊治从侧面看过去，她那浑圆的肩膀向前耸着，颈项修长，尤其显眼。

微微翘起的下唇抿得紧紧的，连同毫无装饰的耳垂，显得楚楚可怜。

"这是唐津陶①呀。"

文子仰起脸来，望着菊治说。

菊治也坐到了跟前。

文子把碗置于席上，说：

"这碗可真好。"

这是一只直筒形的唐津陶小茶盅，也可以当

---

① 佐贺县唐津地区所产的陶器。安土桃山时代后期，由朝鲜来日的陶工烧制而成。多为茶器、日用器皿。泥料粗糙，富含铁分，颜色多呈灰色，纹样朴素。

普通茶碗用。

"又敦实，又气派。比那件志野陶好多了。"

"拿志野陶和唐津陶相比，恐怕不合适吧？"

"可是，摆在一起，一看就知道的呀。"

菊治也给唐津陶的魅力吸引住了，便放在腿上打量着。

"那就把那件志野陶拿来比比看？"

"我去拿。"

说着，文子便站起来，走了出去。

她把志野陶和唐津陶两只碗并排摆好，两人不由得对看了一眼。随后，视线又同时转向茶碗。

菊治慌忙说：

"这里，一只是男茶碗，一只是女茶碗嘛。这么并排一看……"

文子似乎说不出话来，只点了点头。

菊治也觉得，自己的话有点离奇。

唐津陶上没有花纹，完全是素色的，黄里透

绿，还带点绛紫。形制刚健有力。

"出远门也带着，可见令尊喜爱的程度；这只碗简直好比是令尊本人呢。"

文子说了句危险的话，可是自己并没有意识到。

然而，对那只志野陶，菊治却不能说好比是文子的母亲。因为，摆在那里的两只碗，就如同菊治父亲和文子母亲的两颗心。

三四百年前的茶碗，形态朴质纯正，不会引起人作病态的遐想。但却充满生命力，甚至还带点官能的刺激。

把自己的父亲和文子的母亲看成两只茶碗，在菊治的意念中，摆在面前的两只茶碗，仿佛就是两个优美的灵魂。

茶碗本身是现实的，而现实中自己与文子围着茶碗，相对而坐，使人觉得也是纯洁无瑕的。

太田夫人"头七"后的第二天，菊治曾对文子说过，两个人这样相对而坐，说不定有点过分，但是，纯洁无瑕的碗面，难道能打消对罪恶的恐惧吗？

"真美呀。"

菊治一人在自言自语。

"我父亲并非雅人，却爱摆弄茶碗之类的东西，或许就是为了麻痹他那罪恶意识吧？"

"看您说的。"

"不过，看着这只碗，却不会想到原来物主的坏处。人寿几何，先父的寿命竟只有这件传世茶碗的几分之一……"

"死亡就在我们脚下。真可怕！虽然我们脚下就是死神，却又不能总是这样，叫我妈的亡魂把自己给缠住，我也曾想法要解脱来着。"

"可不是嘛，要是叫死人给缠住了，自己就会觉得好像也不是这世上的人似的。"

菊治接口说。

这时，女佣把铁壶之类拿了进来。

她大概以为，菊治他们在茶室待了这么久，

准是要用开水点茶了。

菊治劝文子就用眼前这对唐津碗和志野碗，照旅行方式点一下茶。

文子柔顺地点点头说：

"为了惜别，在摔碎我妈这件志野陶之前，就当作茶碗用一次吧。"

于是，从茶具箱里拿出茶刷，到水房那里去洗干净。夏日尚未向晚。

"权当是旅行好了……"

文子在小茶盅里，一面搅小茶刷，一面说。

"旅行的话，是住在什么旅馆里吗？"

"不一定非住旅馆嘛，或者在河畔，或者在山巅。咱们好比用山谷里的溪水点茶，对了，方才要是用冷水，也许更好……"

文子从茶盅里拿出茶刷，抬起漆黑的眸子，瞟了菊治一眼，这时手上正在转动那只唐津碗，目光立即收了回来，看着手上。

接着，把茶碗挪过去，眼波也移到菊治的膝

盖前。菊治觉得，文子人仿佛也跟着流了过来。

这回文子把母亲的志野碗放在自己面前，茶刷子碰在碗边上窸窣作响，于是便住手说：

"真难弄。"

"碗太小，不好搅吧？"

菊治虽这么宽慰她，文子的手依旧在哆嗦。手一停，茶刷便在小茶盅里搅不开了。

文子凝视着自己发紧的手腕，垂下头一动也不动。

"我妈不让我点茶呢。"

"噢？"

菊治霍地站了起来，好似扶起一个被咒语定住的人似的，抓住文子的肩膀。

文子没有撑拒。

四

菊治不能入睡，等到挡雨板的缝隙里露出一线曙光时，便向茶室走去。

院子里洗手的石钵前，地上还留着志野陶的碎片。

拿四块大的碎片在手上对起来，刚好成茶碗形，只是碗边上有个缺口，有拇指那么大小。

他想，残片可能还在，便在石头当中找起来。可是，立即便停住了。

抬眼望去，东边的树林中间，有一颗很大的星星在熠熠发光。启明的晨星，菊治已有几年没看到了。他一面思忖，一面站起来，看到一片浮云正遮住天空。

星光从云中灿然四射，那颗星显得格外大。晨星的边缘，好似水汽淋淋的。

晨星如此清新明丽，自己却在捡茶碗的碎片，往一起对拢，菊治不由得自怜自叹起来。

于是，把手中的碎片又随手丢在那里。

昨天晚上，菊治来不及拦阻，文子便把茶碗朝石钵上摔去，顿时碎成几片。

菊治当时没有留意，文子悄悄走出茶室时，

手上拿着茶碗。

"啊!"

菊治失声叫了起来。

茶碗的碎片散在黑糊糊的石缝中,菊治顾不得去捡,径自跑去扶住文子的肩膀。因为文子蹲在那里,把碗摔碎后,身子便向石钵倒了过去。

"会有更好的志野陶的!"

文子喃喃地说。

难道菊治拿更好的志野陶作比较,伤了她的心吗?

后来,菊治辗转难眠的时候,愈来愈觉得文子这句话,充满清幽哀怨的韵味。

等到院子里现出曙色,他便出去看那摔碎的茶碗。

可是,因为看见了星星,便把刚拾起的碎片又扔掉了。

于是,他又抬眼望去。

"啊!"

菊治叫了出来。

星星不见了。他瞅了瞅扔掉的碎片，就在这一瞬间，启明星躲到云彩里去了。

菊治怅然若失，向东边天际凝望了半天。

云层看着并不太厚，却找不到星星的踪影。天边被云彩遮断，挨着市街的屋顶上，淡淡的一道红，愈来愈深了起来。

"扔在这儿也不行。"

菊治一个人自言自语，把志野陶的破碗片又捡了起来，揣进睡衣的怀里。

要是这样扔掉不管，未免令人心疼。而且，也怕栗本千花子来了兴师问罪。

文子大概经过深思熟虑，才下决心摔的。所以，这些碎片，菊治也不打算保留，准备埋在石钵旁边。临了，他又把碎片包在纸里，放进壁橱，然后，钻进被窝里又躺了下来。

文子究竟怕菊治拿什么东西同这件志野陶比较呢？

她这份担心是怎么来的呢？菊治有些纳闷。

何况，昨夜今晨，他压根儿就没想过要将什么人同文子比较。

对菊治说来，文子已是无可比拟、至高无上的存在，是他命运的主宰。

以前，菊治无时无刻不记着，文子是太田夫人的女儿。而现在，他似乎忘了这些。

母亲的身体妙不可言地转生在女儿身上，菊治曾神魂颠倒做过不少梦，如今反倒消失得无影无踪了。

很久以来，菊治一直给罩在一道又黑暗又丑恶的帷幕里，现在他终于钻了出来。

难道是文子那纯洁的苦痛超度了菊治？

文子没有撑拒，只是纯洁本身在抵抗。

这正可以看作文子沉入咒语和麻痹的深渊之中，而菊治正相反，反倒从咒语和麻痹中解脱了出来。正好比一个中毒的人，最后服了极量的毒药，反而出奇制胜，以毒攻毒。

菊治一上班，就给文子挂了个电话。听说她在神田那里的一家呢绒批发店做事。

文子还没来上班。菊治因睡不着觉，老早就出门了，文子难道一大早还在睡懒觉不成？菊治想，她或许是害羞，今天就待在家里不出来了？

下午又打了一个电话，文子仍然没有上班。菊治便向她店里的人打听她的住址。

她昨天的信里，该是写有搬家后的新住址。可是文子连信封一起撕掉，塞进衣袋里了。吃晚饭的时候，谈到她的工作，菊治这才记住呢绒批发店的店名。可是忘记问她的住址了。因为文子的住处似乎已经移到菊治的心里了。

菊治下班后，找到文子租赁的那间房子，在上野公园的后面。然而，文子不在家。

一个十二三岁的女孩，好像刚放学回家，穿着水兵服，走出门来，又进屋问了一下，才出来说：

"太田小姐今早说，要跟朋友出去旅行，不

在家。"

"去旅行？"

菊治反问了一句。

"已经出门旅行去了？今天早晨几点走的？她说到什么地方去？"

女孩子又折回屋里，这回离得远一些，回答说：

"不大清楚。因为我妈不在家……"

回话时，一副害怕菊治的样子。这是个眉毛很稀的女孩子。

菊治走出大门，回头看了一眼，却猜不出哪间是文子的房间。这是栋不大的二层楼，还有一方很小的院子。

"死亡就在我们脚下。"想起文子这句话，菊治的腿都软了。

他掏出手帕来擦脸。每擦一把，就好像擦去一层血色，可他还是使劲地擦。手帕擦得又脏又湿。背上陡然出了一身冷汗。

"她不会去死的。"

菊治对自己说。

文子给了菊治重新生活的勇气，当不至于自蹈死地。然而文子昨天的一切，不正表示她一心想死吗？

或者说，她怕自己跟母亲一样，是个罪孽深重的女人？

"就让栗本一个人活在世上好了……"

菊治仿佛对着假想的敌人，出了一口恶气似的狠狠说道，然后朝公园的林荫深处急步走去。

（一九四九—一九五一年）

日本的美与我

在诺贝尔文学奖授奖仪式上的演说词

春花秋月夏杜鹃，

冬雪寂寂溢清寒。

　　这首和歌，题为《本来面目》，为道元禅师^①
所作。

冬月出云暂相伴，

北风侵骨雪亦寒。

　　而这一首则出自明惠上人^②之手。别人让我题
字，我常写下这两首和歌相赠。明惠的和歌前，

---

① 道元禅师（1200—1253），镰仓初期的禅僧，1223年到中国，
受曹洞宗禅法和法衣回国，而后成为日本曹洞宗的开山祖师。
② 明惠上人（1173—1232），镰仓时期华严宗僧人。

有一段既长且详的序，像一篇叙事文，用以说明此诗的意境。

元仁元年（1224）十二月十二日夜，天阴月晦，入花殿坐禅。中宵禅毕，自峰顶禅堂返山下房。月出云间，清辉映雪。虽狼嚎谷中，有月为伴，亦何惧哉。入方顷，起身出房，见月复暗，隐入云端。恰闻夜半钟声，遂重登峰顶禅堂，月亦再度破云而出，一路相送。至峰顶，步入禅堂之际，月追云及，几欲隐于对山峰后，一似暗中与余相伴矣。

这篇序后面，便是上面所引的和歌。作者在和歌后写道：

> 抵峰顶禅堂，
>
> 见月斜山头。
>
> 登山入禅房，
>
> 明月亦相随。

愿此多情月，

夜夜将余陪。

明惠是彻夜在禅堂里，还是在黎明时分重返禅堂，他未说明，只是写道：

坐禅之时，得闲启目，见晓月残光，照入窗前。余身处暗隅，心境澄明，似与月光融为一片，浑然不辨。

心光澄明照无际，

月疑飞镜临霜地。

西行法师①有"樱花诗人"之称，故亦有人称明惠为"咏月歌者"。

月儿明明月儿明，

明明月儿明明月。

---

① 西行法师（1118—1190），平安朝末年诗僧。

明惠此诗，全由一组感叹的音节连缀而成。至于那三首描写夜半至清晓的《冬月》，其意境，照西行的说法："虽是咏歌，实非以为歌也。"诗风质朴、纯真，是对月倾诉的三十一个音节。与其说他"以月为友"，不如说他"与月相亲"，我看月而化为月，被我看的月化为我，月我交融，同参造化，契合为一。所以，僧人坐在黎明前幽暗的禅堂里凝思静观，"心光澄明"，晓月见了，简直要误认是自身泻溢的清辉了。

正如长序所说，"冬月出云暂相伴"这首和歌，表达了明惠在山上禅堂坐禅，参悟宗教与哲理时，心灵与明月契合相通的意境。我之所以书录此和歌，是因为它写出了明惠心灵的谐美与通达。冬月啊！你在云端里时隐时现，照拂往返禅堂的我，使我感到狼嚎亦不足惧。难道你不觉得风寒刺骨、雪光沁人吗？我认为这首和歌赞颂了大自然，赞颂了大自然给予人间的温暖、深情和慰藉，这是一首表现日本人慈爱温暖的心灵之歌，所以，我才经常题此诗赠人。

矢代幸雄博士在古今东西方美术方面学识渊博。他曾将"雪月花时最怀友"这句诗概括为日本美术的特点之一。雪之洁，月之明，四季各时之美，使诗人触景生情，内心有所感悟，每当诗人因领悟美而获得幸福时，便会思念友人，希望能与朋友分享此乐。大自然的美使人感动，诱发出感怀者对友人的依恋。此处的"友"，泛指"人"。而"雪""月""花"这三个字，则表现了四季时令变化之美。在日本，这是包含了山川草木、宇宙万物、大自然的一切以及人的感情的美。这种表达美的修辞方法，是有其传统的。日本的茶道也是以"雪月花时最怀友"为其基本精神的。所谓"茶会"，即"感会"，是良辰美景、好友相聚的集会。顺便说一下我的小说《千只鹤》，倘若读后认为它是写日本茶道的精神与形式之美的，那便错了。这部作品表达了对当今低级趣味的茶道的怀疑，兼有劝诫之意。

春花秋月夏杜鹃，

冬雪寂寂溢清寒。

　　道元的诗句，也是对四季之美的讴歌。诗人只是将自古以来日本人民对春夏秋冬四时之中最钟爱的四种景物随意排列起来，你可以认为，没有比这更普通、更平常、更一般的意象了，这简直可以说是不成诗的诗。我再举出另一首古人的诗，与这首诗颇相似，是僧人良宽①的辞世诗。

试问何物堪留尘世间，

唯此春花秋叶山杜鹃。

　　这首诗与道元的那首诗一样，也是用平平常常的字，写普普通通的事。与其说良宽是不假思索，不如说他是有意为之，这首诗在重叠之中精确地表达出日本文化的精髓，这毕竟是良宽的辞

---

① 良宽（1758—1831），日本曹洞宗僧人。

世诗啊！

漠漠烟霞春日永，

嬉戏玩球陪稚童。

暂伴清风和明月，

为惜残年竟夕舞。

非关超然避尘寰，

平生只爱逍遥游。

　　良宽的生活就像这些诗句所描述的那样，住草庵，穿粗衣，闲步野外，与孩童嬉游，和农夫谈天，不故作艰深地奢谈深奥的宗教和文学，完全是一种"和颜温语"、高洁脱俗的姿态。他的诗歌和书法的风格，均已摆脱了江户后期、十八世纪末到十九世纪初日本近代的风气，达到了古典高雅的境界。直到现代，日本人仍极其珍视他的墨迹和诗歌。良宽的这首诗，表达的是一种辞世之情——他没有什么值得流传下去，也不想留下什么，他死后，大自然只会更美，这才是他留存世间唯一的纪念之物。这首诗凝聚了自古以来的日本人的情愫，我们也可以从中听到良宽那虔诚的心声。

久盼玉人翩然来，
今朝相会复何求。

在良宽的诗作里，居然还有这样的情诗，这也是我十分喜欢的一首诗。已经六十八岁、到了垂暮之年的良宽，遇到一位二十九岁的年轻女尼，深获芳心，成就一段良缘。这首诗既表达了他结识一位女性知己的喜悦，也写出他望穿秋水、久候不至的情人姗姗而来时他的欢欣。"今朝相会复何求"，这句诗充满了真挚朴素的情感。

良宽七十四岁圆寂。他生在多雪之乡的越后，就是我的小说《雪国》写的那个地方，现在那里是新潟县，地处日本本州岛的中北部，气候受从西伯利亚横越日本海吹来的寒风的影响。良宽便是在这样的雪乡里度过自己的一生的。他已渐渐老去，自知死之将近，已入彻悟之境。这位诗僧的"临终之眼"里，想必也像他辞世诗中所写的那样，雪乡的大自然会更加瑰丽。我有一篇随笔，题为《临终之眼》。此处"临终之眼"一语，取自芥川龙之介自杀时的遗书。芥川遗书中的这句话使我感触极深："大概逐渐失去了""所谓生活的力量"，即"动物的本能"。

如今，我生活的世界，是像冰一样透明的、神经质的、病态的世界。……我究竟要到何时才敢自杀呢？这是个疑问。在我看来，唯有大自然比任何时候都美。你或许要笑我：既然深爱大自然之美，为什么还想自杀？这不是自相矛盾吗？殊不知，大自然之所以美，正是因为它映照在我这双临终之眼里。

一九二七年，三十五岁的芥川龙之介自杀身亡。我在《临终之眼》一文中曾说："无论怎样厌世，自杀也不是悟道的表现。无论德行如何高洁，自杀者距大圣之境，终究是遥远的。"我对芥川龙之介、太宰治等人的自杀，既不赞美，也不同情。但是，我有一位友人，是日本先锋派画家之一，年纪轻轻便死去了，他也是一直想自杀。他常说，没有比死亡更高的艺术，死即是生。这几乎成了他的口头禅。依我看，他生于佛教寺院，又毕业于佛教学校，他对死亡的看法，自然与西方人的观点不同。"有牵挂的人，大概是不会想自杀的。"我想起那位一休禅师①，他也自杀过两次。

这里，我之所以要在一休之前加上"那位"两个字，是因为在童话中，他是一位聪明机智的和尚，已为孩子们所熟知。他那奔放不羁的言行事迹已成为逸闻，在民间广为流传。传说"稚童爬到他的膝盖上抚摸他的胡子，野鸟停在他的

① 一休禅师（1394—1481），日本著名僧人，法号一休，著有《狂云集》。

手上啄食米粒"，这是无心的终极境界。他看起来是位和蔼可亲的和尚，其实，他也是位极其严肃、禅法精深的僧人。据说一休是天皇之子，六岁入寺，他表现出一位少年诗人的文学天分，同时也为宗教和人生的根本问题无法解决而苦恼不已。他曾说："如有神明，即请救我；倘若无神，沉我入湖底，葬身鱼腹！"打算纵身投湖的他被人及时拦住了。后来还有一次，在一休主持的大德寺里，有个僧徒自杀，致使僧众几人被牵连入狱，这时，一休自感有责，"肩负重荷"，入山绝食，决心一死。

一休把自己那本诗集取名《狂云集》，甚至以"狂云"为号。《狂云集》及其续集中的作品，作为日本中世的汉诗，作为一位禅僧的诗作，其艺术价值是极高的，其中有令人瞠目结舌的情诗、描写闺房秘事的露骨艳诗。他饮酒茹荤，接近女色，完全超出禅宗的清规戒律，他大概是想从中自求解脱，以反抗当时僵化的宗教，要在因战乱而崩溃的世道人心中，重新树立生命的本意。

　　一休当年寄迹的京都紫野大德寺，如今仍是茶道的圣地。他的墨迹供于茶室，作为挂轴，极为珍贵。一休的字画，我也收藏了两幅，其中一幅写的是"佛界易入，魔界难进"。我对这句话颇有感触，也时常用它来挥毫题字。这句话含义丰富，若要深究，怕是永无止境。一休虽在"佛界易入"之后加了"魔界难进"一句，但这位禅僧的话却深深打动了我的心。一个追求真善美的艺术家，对"魔界难进"既有所憧憬，又感到恐惧，只好求神保佑。他的这种意愿，有时表现出来，有时深藏心底，归根结底，这也是注定的。没有"魔界"，便没有"佛界"，要入"魔界"，更为困难，意志薄弱的人是进不去的。

逢佛杀佛，

逢祖杀祖。

这是一句广为人知的禅语。倘以"他力成佛"与"自力成佛"来区分佛教宗派，那么，主张"自力成佛"的禅宗，当然会持这样激烈的言辞。提倡"他力成佛"的真宗亲鸾①也曾说过："善人往生净土。何况于恶人耶。"这同一休"佛界""魔界"之说，意思上既有相同之处，但也有不同之处。他还说过，"无有一名弟子"。"逢祖杀祖""无有一名弟子"，这恐怕也是艺术的残酷命运吧。

禅宗不以崇拜偶像为务。禅寺里虽然也供奉佛像，可是，在修习道行的场所和坐禅静思的禅

① 亲鸾（1173—1263），日本佛教净土真宗初祖。著有《教行信证》六卷、《净土文类聚抄》等。净土真宗与其他净土宗派所不同者，在于不重勤修念佛，而是强调坚执的信仰，提出即使是恶人，阿弥陀佛也要拯救，也可成佛，往生净土。

堂里，却既无佛像佛画，也无经卷释典，只是长时间闭目打坐，无思无念，灭"我"为"无"。这里的"无"，不是西方的虚无，而是天下万有得大自在的空，是无际涯无尽藏的心宇。当然，修习禅法，须法师传授，相与谈禅，以求开悟，并研读禅宗经典，但终须自己思索，靠自力开悟，比起逻辑推理，更强调直观。与其求他人教诲，不如靠自己悟道。其宗旨是"不立文字"，而在"教外别传"。能做到维摩居士①所说的"一默如雷"，大概便是禅宗最上乘的境界了。

相传中国禅宗始祖达摩祖师"面壁九年"，即面对石壁静坐默想九年，终于彻悟。禅宗所主张的禅定，即从这位达摩坐禅而来。

有问即答否便罢，

达摩心中有万法。

——一休

① 指维摩诘，佛教菩萨名。

另外，一休还有一首道歌：

> 且问心灵为何物，
>
> 恰似画中松涛声。

这首诗也体现了东洋画的精神。东洋画中的空间意识、空白表现、省略笔法，大概正是这类水墨画的灵魂所在。"能画一枝风有声"（金冬心[①]），诚如斯言。

道元禅师也有类似的说法："君不见，竹声中悟道，桃花中明心。"日本花道的插花名家池坊专应[②]曾"口授"道："以涓滴之水、尺寸之树，呈江山数程之盛景，俱瞬息万变之佳兴，正可谓仙家之妙术也。"日本的庭园也是用来象征大自然的。西洋庭园多半营造齐整，相比之下，日本的庭院大多不够齐整。然而，正是因为不齐

---

① 金冬心（1687—1764），清代书画家兼诗人，著有《冬心集》。
② 池坊专应（1532—1554），日本16世纪确立了花道哲理的花道家。

整，其象征意义才更加丰富。当然，这种不齐整，全靠日本人纤细微妙的感觉得以保持均衡。试问哪种庭园的布局能像日本庭园的布局那么复杂、多趣、细致？所谓"枯山水"，是以岩石造像，这种"石砌法"能在空白地表现出山川秀丽之景和波涛汹涌之状。此法凝缩的极致，见于日本的盆景、盆石。"山水"一词的含义，包含山与水（即自然景色）、山水画（即风景画）、庭园景观等，同时也具有"古雅清寂""幽闲素朴"之意。然而，信守"和敬清寂"的茶道，尊崇的是"幽闲""古雅"，其蕴含更加丰富的心灵体验。茶室本来是狭小且简朴的，而寄寓的意思却无边深广、无上清丽。

有时候，人们会觉得一朵花比一百朵花更美。利休也说过，插花不宜插盛开的花。所以，日本的茶道在茶室壁龛里只插一枝花，而且是一枝含苞待放的花。倘若是冬天，便插冬令的花，譬如名叫"白玉"和"侘助"的山茶花，它们的花朵很小，人们选择白色的花朵，单插花蕾待放的一枝。白色的花朵，不仅最为清丽，也最具色彩。

与此同时，花蕾上须带着露水，人们会给花朵洒上几滴水珠。五月里，以青瓷花瓶插牡丹，这是茶道的插花中最雍容华贵的一种。所插的牡丹，仍须是带着露水的白花蕾。人们会在花朵上洒几滴水，有时也会将插花用的瓷器洒上几滴水。

日本的陶瓷花瓶中，伊贺瓷要算最上乘、最昂贵的品种了。这种瓷花瓶淋上水后鲜艳光洁。伊贺瓷是用高温烧制而成的。柴火一烧，稻草灰或烟灰散落下来，沾在瓶胎上，或浮在上面，随着温度下降，便凝结在釉面上。这不是制陶工人所为，而是烧窑时自然形成的，所以，又可以称其为"窑变"。人们用这种方法烧出千姿百态的色彩花纹来。伊贺瓷这种素雅、粗糙而又遒劲的釉面，一洒上水，就显得莹润明洁，与花上的露珠交相辉映。茶碗在使用前，也要先用水浸过，使之润泽，这已成茶道的惯例。池坊专应把"野山水边自多姿"（口传）作为他那一派插花之道的新精神。破损的花瓶，枯萎的枝头，无不见"花"，这些都可由花来解悟。"古人皆由插花而悟道"，由此可见，在禅宗的影响下，日本人的审美意识逐渐觉醒。这恐怕也是长期受到内乱影响的日本人，在荒芜之中生活的心境写照吧。

日本古老的《伊势物语》是一部叙事诗集，包含许多可视为短篇小说的故事，其中有一则写道：

多情人于瓶中插珍奇紫藤花一株。花萼低垂，长达三尺六寸。

这说的是在原行平招待宾客时插花的故事。花萼垂下三尺六寸的紫藤，的确是珍卉奇草，甚至令人怀疑是否真有此花。不过，我觉得，这种紫藤象征了平安时代的文化。紫藤具有日本式的优雅和女性的妩媚。它低垂盛开，随着微风轻摇款摆，真是婀娜多姿、风情万种、谦恭平和、不胜柔媚。它在初夏的一片翠绿之中，时隐时现，仿佛多愁善感的女郎。那紫藤花萼竟有三尺六寸长，想必格外艳丽。日本借鉴中国唐朝文化，结合本土特色，形成日本风格的文化。大约在一千年前，日本便创造出光辉灿烂的平安文化，形成日本的美，正像"珍奇的紫藤花"盛开一样，可以说是不同寻常的奇迹。当时已产生日本古典文学中最上乘的作品，诗歌方面有最早的敕选和歌集《古今和歌集》，小说方面有《伊势物语》、紫式部①的《源氏物语》、清少纳言的《枕草子》等，这些作品构成了日本的美学传统，影响了八百年的日本文学。《源氏物语》影响力尤其大，从古至今，它始终是日本小说的顶峰，即使到了现代，也没有一部作品能与之比肩。早在十世纪时，其作者便已写出这部颇有现代风格的长篇小说，堪称世界奇迹，享誉海内外。少年时

---

① 紫式部（约978—约1016），日本平安时代女作家，著有《源氏物语》。

代的我还不太懂古文，就已经开始阅读古典小说了，那些小说大多是平安时代的文学作品，那时，《源氏物语》就铭刻在我心上。《源氏物语》诞生后的几百年来，许多日本小说都在模仿或改编这部名著。《源氏物语》的影响既深且广，其中的和歌自不必说，就连现代的工艺美术、园林建筑，也从中汲取了美的营养。

紫式部、清少纳言、和泉式部、赤染卫门等著名作家，都是入宫侍奉皇族的女官，所以平安文化被认为是宫廷文化、女性文化，而产生《源氏物语》和《枕草子》的时期，是这一文化的鼎盛时期，或者说，是从极盛转向衰颓的时期，此时的作品中已流露出盛极而衰的惆怅情绪。不过，那些作品仍可看作日本王朝文化的巅峰。

不久，王朝衰落，政权由公卿之手入于武士之手，镰仓时代开始了；武家政治一直延续到明治元年，将近七百年光景。然而，天皇制也罢，王朝文化也罢，并没有灭绝，镰仓初期的敕选和歌集《新古今和歌集》相较平安时代的《古今和歌集》而言，在技巧上和诗法上均有一定的进步。它虽有文字游戏之嫌，却重视妖艳、幽玄的格调，讲究余韵，增进幻觉，与近代象征诗有相通之处，而西行法师上承平安，下接镰仓，是这两个时代的代表诗人。

夜夜长把君相忆，却喜梦里偶相会。

若知醒后两分离，唯愿好梦留人睡。

却道梦里寻君难，上天入地都行遍。

何如缘情见君颜，怎得一面也心甘。

以上是《古今和歌集》里小野小町①的诗，虽然描写的是梦境，却又表现了现实。《新古今和歌集》后，诗又变成很微妙的写生：

群雀枝头闹，日影横竹梢。

①小野小町，日本平安时代的女诗人，平安时代初期六歌仙之一，诗风绮丽。

添得秋色浓，触目魂黯销。

　　萩花洒满园，秋风侵身寒。

　　夕阳影在壁，倏忽已黯淡。

　　这是镰仓末期永福门院①的诗，象征了日本纤细的哀愁，我觉得这首诗跟我的心境颇为相近。

　　写"冬雪寂寂溢清寒"的道元禅师、吟咏"冬月穿云暂相伴"的明惠上人，大约都是《新古今和歌集》时代的人。明惠同西行曾有过唱和，也论过诗。

　　西行法师常来晤谈，展读我诗，非同寻常。遣兴虽及鲜花、杜鹃、明月、白雪、宇宙万物，然一切色相，充耳盈目，皆为虚妄。所吟咏之句，亦均非真言矣。咏花实非以为花，咏月亦非以为月，皆随缘遣兴而已。恰似彩虹横空，虚空有色；亦如白日映照，虚空明净。然虚空本无

---

① 永福门院，日本镰仓时代的女诗人，伏见天皇的中宫皇后。

光，虚空亦无色。我心似此虚空，纵然风情万种，却是了无痕迹。此种诗乃如来之真形体。

（摘自弟子喜海所著《明惠传》）

这里恰好道及东方哲理中的"虚空"和"无"。有的评论家说，我的作品是虚无的，但西方的"虚无主义"一词并不适用于它。我认为，它们的根本精神是不同的。道元的四季诗也曾题为《本来面目》，它虽然讴歌的是四季之美，却富有深刻的禅宗哲理。

1968年12月

高慧勤 译